Håkan Lindquist

Ein Traum vom Leben

Aus dem Schwedischen von Stephan Niederwieser

BRUNO GMÜNDER

Ein Traum vom Leben
Copyright © 2008 Bruno Gmünder Verlag GmbH
Kleiststraße 23-26, D-10787 Berlin
www.brunogmuender.com
info@brunogmuender.com

Originaltitel: Dröm att leva
Copyright © 1996 Håkan Lindquist

Aus dem Schwedischen von Stephan Niederwieser

Umschlaggestaltung: Dolph Cesar
Coverfoto: Copyright © Howard Roffman
www.HowardRoffman.com

Satz: Enrico Dreher

Printed in the E. U.

ISBN: 978-3-86187-869-8

Bitte fordern Sie unseren kostenlosen Verlagsprospekt an!

HÅKAN LINDQUIST, geboren in Oskarshamn/ Schweden, lebt und arbeitet seit seinem neunzehnten Lebensjahr in Stockholm. 1993 debütierte er mit dem Roman »Min bror och hans bror«, der in viele Sprachen übersetzt ist: Bei Bruno Gmünder erschien er 2007 unter dem Titel »Paul, mein großer Bruder«. 2002 erhielt er für diesen Roman den französischen *Prix Littéraire de la Bordelaise de Lunetterie*. 1996 folgte der vorliegende Roman, 2003 »Om att samla frimärken« (Über das Sammeln von Briefmarken), 2006 »I ett annat land« (In einem anderen Land). Außerdem verfasste er ein Libretto für die Oper »William«, eine Fantasie über die Liebesgeschichte von William Shakespeare und Christopher Marlowe.

Neben seinen Romanen publiziert Lindquist regelmäßig in Zeitschriften und engagiert sich aktiv in der Schwulenarbeit sowohl für Jugendliche als auch für Erwachsene. Seit dem Sommer 2008 lebt Håkan Lindquist zeitweise auch in seiner Berliner Wohnung.

I.

Es gibt keine Stille,
nicht ein Atom
steht still.
Nicht ein Tod
ist endlich.

Ingvild Burkey
»Torden i søvne«

Er dachte über Wiedergeburt nach, während ihn der Zug immer weiter von zu Hause wegbrachte.

Seelenwanderung.

Die Wiedergeburt einer Seele in einem neuen Körper, weil der alte sie aus irgendeinem Grund nicht mehr länger beherbergen kann. Gewiss, der Gedanke hatte etwas Beruhigendes, aber er wagte nicht wirklich, daran zu glauben. Irgendwie war die Vorstellung fast schon zu angenehm. Zumindest wenn man gerade jemanden verloren hatte, den man liebte. Vielleicht ist der Glaube an die Seelenwanderung sogar aus der Trauer über die vermissten Geliebten entstanden, war am Ende also womöglich nicht mehr als der tapfere Versuch, den Schmerz zu lindern, die Einsamkeit zu meistern. Die Vorstellung war allerdings schon schön.

Die Reise, auf die er ging, fühlte sich nicht nur wie eine Ortsveränderung im geografischen Sinn an, sondern auch wie eine Zeitreise. Er konnte sich gut daran erinnern, wie es war, als Kind hierher zu fahren, obwohl das viele Jahre her war. Er hatte diesen Weg oft zurückgelegt. Vielleicht könnte er sich sogar komplett in seine Kindheit zurückversetzen, dachte er, wenn er nur die Augen schloss, sich in seinem Sitz zurücklehnte und vom Dröhnen der Waggonräder auf den Gleisen in die Stille wiegen ließ. Vermochte eine Seele von einem Körper in einen anderen zu wandern, müsste sie ja wohl auch ohne größere Schwierigkeiten vom Jetzt in die Vergangenheit reisen können.

Er öffnete seine Augen und schaute wieder aus dem Fenster. Die Aussicht hatte sich verändert. Die vorbeihastenden Gebäude und Landschaften erkannte er nicht so recht wieder, mehrmals war er sogar unsicher, ob er in die richtige Richtung fuhr. Um sich zu beruhigen, musste er nur an sein Ziel denken, das jedenfalls würde er bestimmt wiedererkennen.

»Papa! Komm schon, Papa!«

Die Kinderstimme, die er hörte, ließ ihn aufschrecken. Ein flüchtiges Bild seines Vaters blitzte auf. Als er sich nach dem rufenden Kind umsah, erwartete er einen Augenblick lang, seinen Vater zu sehen. Aber es war ein Fremder. Er begegnete dem Blick eines Mannes, der seinem Vater nicht mal ähnelte. Er sah eher ein wenig aus wie Jesus. Er streckte seine Hände aus, nahm seinen Sohn auf den Arm und verschwand durch die Zwischentür in den nächsten Waggon.

»Papa.« Er flüsterte das Wort still vor sich hin. Ein Wort, das er seit drei Monaten nur mit Kraftanstrengung über seine Lippen bekam. »Papa ...«

Unfassbar, wie viel Zeit vergangen ist. Drei Monate. Ein Vierteljahr. Fast eine Ewigkeit. Und doch fühlte es sich an, als wäre es erst gestern geschehen.

Aber es stand außer Frage, dass Zeit vergangen war; es war ja kalt gewesen und ungemütlich, inzwischen war es Sommer, ein herrlich warmer Frühsommer.

Ferien. In diesem Augenblick hätte er eigentlich auf dem Weg nach Skopje sein sollen, mit seinem Vater, um Verwandte zu besuchen. Sie hatten geplant, die ganzen Ferien in Mazedonien zu verbringen. Wenn das Unglück nicht geschehen wäre.

Unglück war im Grunde das falsche Wort, dachte er. *Katastrophe* träfe es besser. Vielleicht sogar *Desaster*, er war sich nicht sicher. Wahrscheinlich gab es gar kein Wort, das der Situation angemessen war. Dass das Geschehene erklärte. Wie sollte ein Wort auch erklären können, dass jemand gestorben war, dass ein Leben zerbrach, dass vieles von dem, was sich früher sicher anfühlte, vielleicht sogar banal oder gar langweilig, sich nun stattdessen gefährlich anfühlte oder manchmal – wenn es ganz schlimm wurde – sogar beängstigend. Ein Wort, das dieses Gefühl beschreibt, kannte er nicht.

Er wendete sich wieder dem Fenster zu, versuchte, sich an das Gesicht seines Vaters zu erinnern, aber das fiel ihm schwer. Seine Vorstellung lieferte ihm als Vorlage bestenfalls ein Bild wie auf einer alten verblassten Fotografie. Oder ein Traumbild ohne deutliche Konturen.

An einem Abend in der Woche nach dem Todesfall haben er und seine Mutter gleichzeitig – wie auf ein geheimes Signal – die lähmende Stille unterbrochen, waren gleichzeitig aufgestanden – er vom Sofa, sie vom Sessel – und auf das Bücherregel zugegangen. Verwundert haben sie einander angeschaut. Er hatte nicht das geringste Problem, sich an ihr Gesicht in diesem Moment zu erinnern; die Augen waren von all den Tränen ein wenig rot und geschwollen, und er fand, dass sie wie ein verschrecktes und trauriges Kind aussah.

»Was ist, Mikael?«, fragte sie.

Verlegen antwortete er ihr: »Ich … ich wollte nur ein wenig im Fotoalbum blättern. Bilder anschauen. Von … von ihm.«

Kurz darauf saßen sie nebeneinander auf dem Wohnzimmerboden, die Fotos seines Vaters vor ihnen ausgebreitet. Immer wieder nahm einer von ihnen ein Foto in die Hand und studierte es, als hätte er es nie zuvor gesehen. Als sähe er ihn zum ersten Mal.

»Ich kann mich nicht mehr erinnern, wie er ausgesehen hat. Als ob … als ob sein Gesicht aus meinem Gedächtnis gelöscht wäre.«

»Ich weiß. Genauso geht es mir auch.«

Merkwürdig. Wie konnte man das Gesicht eines Menschen vergessen, dem man lange Zeit so nah gewesen war? Mikael fand das beinahe schändlich.

Nun ist er auf dem Weg nach Südschweden. Seine Mutter hatte es vorgeschlagen, an einem der letzten Schultage, er war gerade nach Hause gekommen. »Ich habe mit Elisabet gesprochen. Sie würde sich freuen, wenn du sie besuchst. Und die anderen natürlich auch. Als

Kind warst du immer ganz versessen darauf, zu ihnen zu fahren. Erinnerst du dich?«

»Schon«, antwortete er, »aber damals warst du dabei. Und Papa. Das ist jetzt ganz anders. Und überhaupt, was wird mit dir, wenn ich wegfahre? Du kannst doch nicht alleine bleiben.«

Sie lächelte wehmütig. »Ich krieg das schon hin. Wenn du mit Risto nach Mazedonien gefahren wärst, wäre ich doch auch allein geblieben. Außerdem hat man mir hier in der Klinik eine Vertretung angeboten. Das kann ich schlecht ablehnen. Wir werden das Geld noch brauchen, du und ich.« Sie holte tief Luft und atmete langsam aus. »Und überhaupt glaube ich, dass es mir guttun wird, so bald wie möglich wieder zu arbeiten. Ich kann ja nicht ewig zu Hause bleiben. Das tut mir nicht gut.«

Und so hatte er sich alleine auf den Weg nach Skåne gemacht. Noch eine knappe Stunde, bis er in Helsingborg ankommen würde. Er war so müde.

Er befand sich in einem dunklen Raum. Zuerst war er allein, das konnte er fühlen. Dann kam noch jemand herein. Mikael rief, bekam aber keine Antwort. Ein schwacher Lichtstrahl blitzte vor ihm auf. Es schien, als fiele er durch einen Spalt in der Wand. Plötzlich wurde der Lichtstrahl von einem Menschen durchbrochen. Es war seine Großmutter. Sie lächelte Mikael an und winkte ihm zu: »Komm! Komm!«

Er folgte ihr durch die Dunkelheit, bis vor eine Tür. Die Großmutter blieb stehen und deutete darauf: »Mach auf!«, sagte sie immer noch lächelnd.

Und er tat es. Da wurde es hell.

Das Zimmer, das er betrat, war völlig leer, erfüllt nur von grellem Licht. Sobald sich seine Augen daran gewöhnt hatten, entdeckte er ein Bett. Und jemanden, der darin lag.

Die Großmutter ging schnellen Schrittes auf das Bett zu. Als sie stehen blieb, klatschte sie laut in die Hände und rief: »Risto! Risto!« Ihre Stimme klang freudig.

Erst da erkannte Mikael, wer auf dem Bett lag. Er bekam es mit der Angst zu tun. Er drehte sich um, um durch die Tür zu fliehen, aber sie war nicht mehr da.

»Komm, Mikael! Schau ihn dir an! Die Schlafenden und die Toten, wie wenig sie einander ähneln. Komm schon! Schau!« Und dann begann sie, ein Wiegenlied zu summen, das Mikael aus seiner Kindheit kannte.

Er schaute auf seinen Vater hinunter. Das Gesicht war bleich und starr. Tot.

Und dann öffneten sich die Augen. Starrten ihn an. Tot.

Die Stimme der Großmutter; ihre Freude wirkte aufgesetzt. »Er schläft doch nur ...«

Mit einem Schrecken erwachte er. Der Zug war gerade wieder angefahren. Mikael hatte es im letzten Augenblick geschafft, den Namen der Haltestelle zu lesen, bevor sie sich zu weit von der Station entfernten. Schön, nun würde er bald ankommen.

Mikael streckte sich; nach dem Nickerchen mit dem seltsamen Traum fröstelte ihn ein wenig. Er stand auf, um das Fenster zu schließen. Auf einer Wiese weit hinten am Waldrand sah er Tiere, die ausgewachsenem Rotwild ähnelten. Vielleicht waren es Damhirsche. Oder Hirsche. Oder anderes Wild, das er nicht kannte. Sein Vater hätte es erkannt, dachte er. Risto wusste eine Menge über Tiere und die Natur, und obwohl er erst mit zweiundzwanzig nach Schweden kam, kannte er die schwedischen Bezeichnungen der meisten Tiere und Pflanzen.

»Zweiundzwanzig Jahre«, flüsterte Mikael. Vier Jahre älter als ich heute. Stell dir vor, ich sterbe auch vor meinem vierzigsten Geburtstag. Ich frage mich ... »Hattest du eine Ahnung, dass du sterben würdest, Papa?«

Großmutter Trajanka? Er hatte sie fast schon vergessen. Wie verkraftete sie wohl den Tod ihres Sohnes? Er wusste es nicht. Zur Beerdigung war sie jedenfalls nicht gekommen. Vielleicht nur, weil sie kein Geld hatte. Mikael hätte ihr gern geschrieben, aber das war so schwer, weil er ihre Sprache nicht beherrschte. Ebenso wenig seine Gefühle – was das Ganze noch erschwerte.

Er spürte eine Träne aufsteigen. Selten wurden mehr daraus. An den ersten Abenden hatte er sich in den Schlaf geweint und war mit Schmerzen im Hals erwacht, weswegen er glaubte, dass er auch im Schlaf geweint haben musste. Nun war es vorbei mit den Tränen. Ab und zu kam mal eine, aber das war auch schon alles. Richtig weinen konnte er nicht mehr.

Tina erwartete ihn auf dem Bahnsteig. Er sah sie sofort. Ihr Haar hatte eine schöne Farbe. Wie Honig. Und er erinnerte sich, wie verliebt er als Kind in sie gewesen war.

Sie hatte sich kaum verändert. Er rechnete nach: Sie musste ungefähr so alt sein wie sein Vater, als er nach Schweden kam.

Tina drehte sich um und sah ihn. »Mikael! Grüß dich!« Sie lief ihm entgegen und umarmte ihn. Weil er seine Taschen hielt, konnte er die Umarmung nicht erwidern, aber er nutzte die Gelegenheit, an ihr zu riechen. Er glaubte, den Duft trotz der langen Zeit wiederzuerkennen.

»Wie schön, dass du gekommen bist«, sagte sie. »Es ist eine Ewigkeit her, seit wir uns zum letzten Mal gesehen haben.«

Sie trat einen Schritt zurück, um ihn besser anschauen zu können. Von den Haaren bis zu den Zehenspitzen. »Du hast dich nicht verändert.«

Es klang ein wenig abgedroschen. Wie aus einer Schnulze. Und dennoch kam er nicht umhin, ebenso zu antworten. »Du auch.«

Und ganz plötzlich verfinsterte sich ihr Gesicht.

Er ahnte, was kommen würde. Es war unvermeidlich. Er erwartete es und hatte gleichzeitig Angst davor.

»Du … es tut mir leid wegen der Sache mit Risto.«

Wegen der Sache mit Risto. Er fand, dass das irgendwie billig klang. Zu einfach. Aber was sollte man schon sagen?

Dennoch war es gut, wenn die Menschen in seiner Umgebung überhaupt etwas sagten. Einige gingen ihm seither aus dem Weg. Schauten weg. Das war viel schlimmer. Glaubten sie, dass das Schweigen alle Wunden heilt?

Mikael murmelte etwas zur Antwort, dann standen sie hilflos voreinander, bis Tina eine seiner Taschen nahm. »Komm! Robert wartet schon.«

»Wer ist denn Robert?«

Tina lachte. »Ja, das ist eine gute Frage! Nee, ich scherze nur. Er ist mein Kerl. Oder Freund, oder wie man das nennen soll.«

»Das?«

Sie boxte ihn auf den Arm.

»Du weißt schon, was ich meine.«

»Habt ihr immer noch Tiere?«, fragte Mikael, nachdem sie schon eine Weile unterwegs waren. Er saß auf der Rückbank und streckte seinen Kopf zwischen die Vordersitze nach vorn.

Tina wendete sich ihm zu. »Nein, die haben wir schon vor langer Zeit abgeschafft. Nur noch ein paar Hühner. Und eine Katze. Und Aska natürlich, die Hündin. Das ist alles. Wusstest du das nicht?«

Er schüttelte den Kopf.

»Ja, das ist lange her«, setzte sie fort. »Wir haben den Stall zu Gästezimmern ausgebaut. Bed and Breakfast. Ich dachte, du wüsstest das.«

»Nee. Ich kann mich nicht dran erinnern, dass mir das jemand erzählt hätte. Was habt ihr denn für Gäste? Ich meine, der Hof liegt doch nicht gerade mitten in der Stadt.«

»Das ist ja der Witz. Es kommen Leute, die aus der Stadt rauswollen. Meistens Wanderer für die Skåneleden. Für eine Nacht oder zwei. Aber manchmal kommen auch ganze Familien mit Kindern und so, die dann eine ganze Woche bleiben.«

Sie plauderten so dahin, er und Tina. Robert schwieg die meiste Zeit und fuhr den Wagen zum Hof. Mikael fand sich inzwischen auch ohne Ortsschilder zurecht. Bald würden sie auf der Halbinsel Bjäre-halvön ankommen.

Tina war bei guter Laune. Sie scherzte viel, und Mikael lachte mehr, als er seit Wochen gelacht hatte. Bis sein Blick in den Rückspiegel fiel. Er sah nur seinen eigenen Mund und das Kinn, aber das genügte. Mit einem Streich war seine gute Laune verflogen, und ihm wurde übel.

Tina bemerkte das. »Du bist so blass. Ist dir schlecht?«

Er schloss die Augen und schüttelte den Kopf.

»Halt an, Robert! Er muss sich vielleicht übergeben.«

Sobald er an der frischen Luft war, ging es Mikael besser. Er ver-stand nicht, was da in ihm vorging. Dass er nicht mehr in den Spie-gel schauen konnte, begann am Tag, als sein Vater starb. Als wäre sein Gesicht zu nackt, zu verräterisch. Weil er zum Rasieren seinem Spiegelbild nicht entkam, schaute er nie sein ganzes Gesicht an, son-dern konzentrierte sich nur auf den jeweiligen Ausschnitt. Es hatte Wochen gedauert, bis er sich wieder in die Augen schauen konnte; mit angespannten Gesichtszügen hatte er sein Gesicht erforscht. Nie aber hatte er seither gewagt zu lächeln.

Eines Tages beim Zähneputzen erinnerte er sich an einen Witz, den ihm ein Mitschüler an diesem Tag in der Schule erzählt hatte. Mikael musste lachen, sah sich im Spiegel, erstarrte auf einen Schlag und hatte fast angefangen zu weinen.

So wie jetzt im Wagen. Er verstand das nicht. Schämte er sich? War es zu früh, um Spaß zu haben? Mikael erinnerte sich, was Oma Tra-janka nach dem Tod ihres Sohnes geschrieben hatte: *Wir haben alle Spiegel bedeckt, und trotzdem fühlt es sich an, als wäre er hier, mein kleiner, geliebter Risto.*

Vielleicht hätten auch Mikael und seine Mutter alle Spiegel verhän-gen sollen. Vielleicht hätte das die Dinge leichter gemacht. Vielleicht.

»Wird dir beim Autofahren immer schlecht?«, fragte Robert und zündete sich eine Zigarette an.

Mikael begegnete seinem Blick. »Ja, ein wenig. Ich hoffe, es ist nicht schlimm, dass wir anhalten mussten.«

Robert winkte ab. »Spielt keine Rolle. Komm ich wenigstens zum Rauchen.«

Tina hatte sich neben den Wagen gehockt und schaute über den Acker. Ohne sich umzudrehen, um festzustellen, ob Mikael ihrem Blick folgte, begann sie, ihm zu erzählen: »Kannst du dich an den Baum da hinten erinnern? Den der Blitz getroffen hat, während wir ganz in seiner Nähe waren? Das muss neun oder zehn Jahre her sein. Die Luft war … so elektrisch, und es roch nach … Schwefel. Zumindest am Anfang. Bevor der Brandgeruch ihn überdeckte.«

Mikael hockte sich neben sie und nickte still. Tina fuhr fort.

»Im letzten Herbst ist er einfach umgefallen. Ist das nicht seltsam? Er überlebte den Blitzeinschlag und den Brand, und ein paar Jahre später fällt er einfach um. Es war nicht mal Sturm. Nur ein leichter Wind. Es war als … als würde er nicht mehr leben wollen. So kam mir das vor. Als hätte er einfach genug.«

Jetzt drehte sie sich ihm zu und schaute ihn an. Er begegnete kurz ihrem Blick und schaute dann weg. Über den Acker hinweg. Man konnte sogar ein wenig vom Meer und der Insel Hallands Väderö sehen.

Sie hatten zusammen zu Abend gegessen, und es war fast so wie in ihrer Kindheit. Er mochte Elisabet und Erik. Und Tina natürlich auch. Das hatte er immer. Nun fühlte er sich ganz müde, obwohl er im Zug geschlafen hatte.

»Du darfst dir aussuchen, wo du schlafen willst«, sagte Elisabet. »Entweder in dem kleinen Zimmer, in dem du immer geschlafen hast, oder lieber in einem der Ferienzimmer. Das ist vielleicht lustiger.«

Er wählte ein Giebelzimmer unter dem Dach, im ehemaligen Dachboden des Getreidespeichers. Es war sehr klein, möbliert mit nur einem Bett, einem Schreibtisch, einem Stuhl und einer Kommode. An der Wand über dem Bett hing ein Gemälde von Elisabet. Zwei blaue Pferde, die sich aufbäumten.

Er stellte die Taschen aufs Bett und ging zum Fenster hinüber. Es schaute zur einen Seite auf einen alten Kastanienbaum hinaus, zur anderen konnte er den Steinhaufen ausmachen, vor dem er als Kind Angst gehabt hatte. Sie hatten ihm erzählt, dass es ein Pestfriedhof gewesen sei, und als wäre das noch nicht schlimm genug gewesen, um einen kleinen Jungen in Panik zu versetzen, hatten sie hinzugefügt, dass im Garten grässliche, mit ekelhaften Blasen und abblätternden Geschwüren bedeckte Leichen herumspukten. Danach traute er sich im Dunkeln nicht mehr alleine auf die Toilette. Oft hatte Tina ihn hinausbegleitet, und er schmunzelte, wenn er daran dachte, wie sie nach diesen nächtlichen Toilettenbesuchen die Körper auf Pestbeulen untersuchten, mit dem besonderen Augenmerk auf gewisse Stellen.

Ein alter Friedhof. Die perfekte Aussicht für jemanden, der den Tod seines Vaters zu betrauern hat, dachte Mikael und öffnete einen Fensterflügel. Sofort schlug ihm der vertraute Geruch des Hofes entgegen. So vieles war wie damals, obwohl es so lange her war. Obwohl es auf dem Hof keine Tiere mehr gab.

Eine Böe erfasste das Fenster. Er hakte es ein, dabei fiel sein Blick auf einen toten Schmetterling. Er lag zwischen den Scheiben. Die Flügel waren ausgebreitet, trotz der Enge zwischen den Scheiben. Der Schmetterling lag schief, fast auf dem Rücken, und Mikael fragte sich, wie er zwischen die Scheiben gelangt sein mochte. Vielleicht während jemand das Fenster geputzt hatte? Er beugte sich hinunter, um ihn genauer zu betrachten. Es musste ein Nachtfalter sein, dachte er, aber er wusste nicht, um welche Art es sich handelte, trotz aller Abende, die er mit seinem Vater über dem bebilderten Schmetterlingsbuch zugebracht hatte.

»Du hättest es gewusst«, flüsterte er, und dann brach der Damm. Endlich flossen die Tränen. Der Kastanienbaum verschwand hinter Schlieren, das Fenster reduzierte sich zu einer diffusen hellen Fläche. Der Traum im Zug – der Lichtkegel, aus dem seine Großmutter herausgetreten war. Ihre merkwürdige, gespielte Fröhlichkeit. Und der tote Vater auf dem Bett.

Mikael fiel etwas ein, das jemand auf der Beerdigung gesagt hatte. »Die Toten führen die Lebenden.« Damals empfand er die Vorstellung als unangenehm. Nun war sie ihm fast ein Trost.

»Wenn du bei uns bist«, murmelte er, »musst du uns helfen, damit wir nicht so traurig sind. Du musst uns führen.«

Es klopfte an der Tür.

»Moment!« Schnell wischte er sich die Tränen mit dem Ärmel seines Sweatshirts aus den Augen.

»Ich bin's nur«, rief Tina und trat auch schon ein. Sie trug Bettzeug auf dem Arm.

»Das hätten wir fast vergessen«, sagte sie und lachte aufgedreht. »Wir waren gerade dabei … was ist los, Micke? Bist du traurig?« Sie warf die Laken aufs Bett und ging zu ihm.

»Nö, halb so wild. Ich hab nur was ins Auge gekriegt.«

Sie streichelte seinen Arm und lächelte. »Ja, das passiert allen, die traurig sind. Denk nur, dass ich dich kenne, seit du so klein warst.«

»Es geht schon«, sagte er und wünschte sich, dass sie ihn weiter streichelte.

Mit einem Lachen zog sie ihre Hand zurück. »Wenn du meinst. Aber wenn du das nächste Mal traurig bist, darfst du gerne zu mir kommen. Wann immer du willst. Vergiss das nicht, Micke!«

»Das ist wirklich sehr nett von dir.«

»Ich meine es ernst.« Sie blieb stehen. Es sah aus, als würde sie noch etwas sagen wollen. Aber stattdessen lächelte sie. »Bis morgen, Micke. Gute Nacht.«

»Nacht.«

Und dann ließ sie ihn allein.

II.

Ich träumte von dir letzte Nacht.
Du gingst entlang der Steine an einem Strand
mit mir.
Ich träumte von dir, ich war wie wach
und folgte dir.

(Eskimogedicht)

J emand klopfte an die Tür.

Er schob sich im Bett hoch. Es war fast dunkel in dem fremden Zimmer, in dem er sich befand, es muss mitten in der Nacht gewesen sein. Erst als es erneut klopfte, fiel ihm ein, wo er war. »Komm rein!«, rief er.

Die Tür ging auf, und herein kam Risto, sein Vater. Er schloss die Tür hinter sich, ging zum Bett und streichelte seinem Sohn die Wange. Seine Hand war warm. Wie immer.

»Hallo, Mikael. Schön, dich zu sehen.«

Mikael lächelte.

Der Vater zog einen Stuhl heran und setzte sich zu ihm ans Bett. Dann nahm Risto seine Hand, streichelte sie und erzählte ihm alles, was er seit ihrer letzten Begegnung erlebt hatte.

Während Mikael lauschte, studierte er das Gesicht seines Vaters. Man sieht es ihm nicht an, dachte er.

Dass Risto eine Pause machte und zum Fenster hinüberschaute, nahm Mikael zum Anlass, um seinem Vater von seinem Schmetterlingsfund zu erzählen.

»Ich weiß«, unterbrach ihn der Vater. »Biston betularia. Der große Birkenspanner. Ein ungewöhnlich helles und schönes Exemplar.«

Der Mond trat hinter dem Baum hervor und beleuchtete das Gesicht des Vaters ein wenig mehr. Nun konnte Mikael ihn besser sehen. Dass keine Wunden zu erkennen waren ...

»Bald reisen wir nach Skopje, mein Sohn. Das wird schön. Ich hoffe nur, dass ich es wiedererkenne, nach allem, was die Stadt durchgemacht hat. Es ist so lange her.«

Mikaels Puls begann, heftiger zu schlagen. Wusste er es denn etwa nicht?, dachte er. Der Gedanke, dass er nun derjenige sein würde, der seinem Vater zu erklären hatte, dass er tot war, schmerzte ihn, machte ihm gar Angst. Aber er hatte keine Wahl. Wer sonst würde es tun? Mikael wollte nicht riskieren, dass Risto es von jemandem erfuhr, dem er nicht wichtig war. Womöglich käme es bei Risto nicht richtig an, und der Vater würde erschrecken oder Angst bekommen.

»Papa ...«

Ihre Blicke begegneten einander.

»Ich bin mir nicht so sicher, dass wir nach Mazedonien fahren können.«

Risto schaute ihn fragend an. »Jaså? Warum denn nicht?«

»Na du ... dir ging es nicht so gut im Frühjahr. Du ... du hattest einen kleinen Unfall.«

»Aha. Daran kann ich mich gar nicht erinnern. Ist mir was passiert?«

Es war nun heller, Mikael konnte das Gesicht des Vaters deutlich erkennen.

»Ja, du wurdest ... verletzt. Du wurdest ... schwer verletzt.«

Sein Vater schaute ihn traurig an, fragend, verwirrt.

»Genauer gesagt, du bist ... gestorben, Papa.«

Wie still es wurde.

Risto wendete sich ab; er neigte den Kopf und schaute zu Boden. Mikael versuchte, ihn zu berühren, aber seine Hand fühlte sich schwer wie Blei an; er schaffte es einfach nicht.

»Papa?«

Nach einer langen Weile schaute der Vater wieder auf, und ihre Blicke begegneten sich erneut. Dann streckte sich Risto, und es schien, als würde er etwas abschütteln. Er lächelte wieder, und ihre Hände suchten einander. Warme Hände. Genauso wie immer.

»Das ist nicht so schlimm, Mikael. Das macht keinen so großen Unterschied. Eigentlich macht es gar nichts.«
Und draußen vor dem Fenster fing ein Vogel an zu singen.

Als Mikael erwachte, war er richtig froh. Glücklich sogar. Er fühlte sich warm. Draußen vor dem offenen Fenster schien die Sonne, und er konnte das Zwitschern der Vögel hören.

Er kickte die Decke von sich, schob den Stuhl aus dem Weg und stellte sich nackt ans Fenster, schaute an den Rahmen gelehnt hinaus. So glücklich war er schon lange nicht mehr. Jedenfalls nicht seit dem Tod seines Vaters. Er lächelte die Welt dort draußen geradezu an. Dann fiel ihm der tote Schmetterling ein. Tatsächlich, er lag zwischen den Scheiben.

»Birkenspanner«, sagte er. »Das hätte ich eigentlich wissen müssen.« Erschrocken drehte er sich um und starrte auf den Stuhl. Er hatte ihn wegschieben müssen, um aus dem Bett aufstehen zu können. Hatte er ihn am Abend zuvor so stehen lassen?

»Micke?«

Er lehnte sich aus dem Fenster. Tina rief nach ihm, sie stand auf dem Kiesbeet zwischen Haus und Kastanie. Sobald sie ihn erblickte, stieß sie einen schrillen Pfiff zwischen den Zähnen hervor. »Zeigst du dich morgens immer so sexy?«

Mikael errötete und zog sich schnell zurück.

»Es ist schon nach zehn. Du darfst nicht mehr länger schlafen. Das Leben findet sonst ohne dich statt.«

Er lächelte. »Was hast du vor?«

Sie zuckte mit den Schultern. »Keine Ahnung, es wird uns schon was einfallen. Also zieh dich an! Oder komm nackt runter, wenn dir das lieber ist. Ich kenne jemanden, dem das sicherlich gefallen würde.«

Sie standen hoch oben auf einer mit Gras bewachsenen Felskante. Tina hatte sich nah an den Abgrund herangewagt, aber er und Robert hielten sich in einem sicheren Abstand. Das war schon beängstigend genug.

Mikael schaute auf den Strand hinunter und bemerkte, dass er vergessen hatte, wie großartig diese Klippen waren. Die hohen Wogen barsten schäumend an dem frei stehenden Felsen im Meer. Und dann schaute er an der Felswand hinunter. Er schätzte ihre Höhe auf etwa zehn Meter. Zehn Meter. Den Zeitungsberichten zufolge war das genau die Höhe, aus der Risto gefallen war.

Und dort unten, am Fuße des Felsens, lagen große, spitze Steinblöcke herum. Ein Baum wuchs am Fuße der Klippe dicht an der Felswand. Mikael hielt ihn für einen Apfelbaum. Vielleicht hatte ein Besucher hier ein Kernhaus weggeworfen, fünfundzwanzig, dreißig Jahre könnte das her sein, dachte er.

Gegenüber der Klippe befand sich ein ähnlich hoher, aber frei stehender Felsen. Auf dessen Spitze thronte eine einsame Möwe. Der Wind schlug in das Federkleid, und Mikael fragte sich, ob das wohl schmerzte. Der Vogel schien ungerührt.

»Schau mal!«, rief Tina und deutete auf den nördlichen Teil des Strandes. »Kannst du dich an die kleine Höhle erinnern, Micke?«

Er konnte weit hinten auf einem Felsweg eine dunklere Stelle ausmachen; die Öffnung zur Höhle. Er nickte.

»Wir grillen dort manchmal«, sagte Robert.

Tina drehte sich um und ging hastigen Schrittes voran. »Komm, wir gehen runter zum Strand!«

Mikael lachte, als er erkannte, welchen Weg sie einschlug; es war absolut unmöglich, dort zu *gehen*. Man konnte nur hinunterrutschen. Das ging zwar schnell, war aber alles andere als ungefährlich.

»Warum lachst du?«, rief sie.

»Über unsere unterschiedlichen Auffassungen vom Wort *gehen*«, rief er zu ihr hinunter, während er schon hinter ihr herrutschte.

Sie kamen am Apfelbaum an. Mikael klopfte sich den Sand von den Hosen. Robert zog sofort nach der Rutschpartie eine Schachtel Zigaretten heraus und fragte, ob er eine haben wolle.

»Nein danke, ich rauche nicht.«

Eine sandfarbene Eidechse schoss blitzschnell zwischen seinen Füßen hervor. Sie war kräftiger und breiter als die Wassereidechsen, die Mikael und seine Kameraden in den Bächen von Lill-Jansskogen zu fangen versucht hatten, als sie noch Kinder gewesen waren. Das kleine Reptil betrachtete die Eindringlinge einen kurzen Augenblick lang skeptisch, dann verschwand es in einer Spalte, ähnlich schnell, wie es aufgetaucht war.

»Im Winter ist hier jemand abgestürzt«, erzählte Tina. »Ein Mann hatte wohl die Kante übersehen.«

»Hat er überlebt?«, wollte Mikael wissen.

Sie antwortete ihm nicht, kletterte stattdessen weiter hinunter, um nach einigen Metern erneut innezuhalten. »Schau her! Hat wieder jemand Blumen hingelegt. Schon zum zweiten Mal.«

Ein großer Strauß verwelkter Blumen lag unter Steinen eingeklemmt, damit er nicht weggeblasen wird. Mikael drehte die Karte um, die daran festgebunden war, und las die handgeschriebenen Worte: *Wir werden dich immer in Erinnerung behalten.*

Immer?, fragte er sich. Ist es denn überhaupt möglich, einen Menschen für immer in Erinnerung zu behalten? Und wem wäre damit eigentlich gedient? Dem Verstorbenen oder dem eigenen Ego? Dass man sich beweist, wie gut man ist?

Manchmal hatte Mikael Angst, er könnte sich verlieren zwischen dem, was er tatsächlich fühlte, und dem, was er glaubte, fühlen zu sollen.

Risto, ich will mich nicht an dich erinnern, weil ich mich an dich erinnern muss, dachte er.

Jetzt erst hörte er, wie die Wellen an den Felsen barsten. Die Klippen schienen den Lärm noch zu verstärken; er übertönte alles. Dann merkte er, wie Tina ihm die Hand auf die Schulter legte.

»Wie war eigentlich die Beerdigung? Schlimm?«

Er dachte einen Augenblick nach, bevor er antwortete. »Ja, schon. Zumindest am Anfang. Aber dann war es eigentlich ganz schön. Als ob … als ob dadurch plötzlich ein Abstand entstanden wäre. Zu Ristos Tod, meine ich. Er war mir nicht mehr so nah.«

Mikael schaute über ihre Schulter hinweg auf die raue Felswand.

»Ja, es war wirklich fast schön. Fast so, als ob ich damit eine Schwelle überwunden hätte oder eine hohe Treppe hinaufgeklettert wäre.«

Sie ließ ihre Hand auf seiner Schulter, und Mikael bildete sich ein, dass Robert ihr das vielleicht übel nehmen könnte.

»Ich hoffe, du bist nicht traurig, dass ich nicht gekommen bin. Ich bin noch nie auf einer Beerdigung gewesen. Ich hatte einfach das Gefühl, dass ich es nicht packen würde. Ich hatte echt Angst davor.«

»Ist schon okay.«

Robert rief etwas. Sie drehten sich zu ihm um und sahen, dass er in den Himmel deutete. Dort oben kreiste ein Raubvogel; Tina erkannte sofort, dass es ein Turmfalke war. Er schien stillzustehen, wie in der Luft erstarrt, er musste wohl Beute im Blick haben. Dann senkte er sich erst ganz langsam, kurz darauf schlug er wie ein Blitz in die Wacholderbüsche und verschwand aus dem Blickfeld der drei.

»Ich hab dieses Jahr schon zweimal einen Pilgerfalken gesehen«, erzählte Tina. »Der hat hier schon lange nicht mehr gebrütet. Erik glaubte nicht, dass er zurückkommen würde.« Sie schwieg einen Moment, bevor sie fortfuhr. »Sollte ich je einen Eierdieb oder einen Nestplünderer erwischen, ich glaube, ich würde ihn hier runterschubsen.«

In dem Moment kam Robert das letzte Stück heruntergerutscht und gesellte sich zu ihnen. Er schaute auf die Wellen hinaus.

»Hat einer von euch Lust zu baden?«, fragte er ganz ernst.

Tina lachte ihn aus. »Das Wasser ist ja wohl noch ein wenig frisch. Außerdem geht der Wind heute sehr, man erfriert spätestens, wenn man rauskommt. Aber wir könnten zur Höhle gehen.«

Roberts Augen leuchteten auf. »Schade, dass wir nichts zum Grillen dabei haben. Ich habe einen Bärenhunger.«

»Hast du Hunger, Micke?«, fragte Tina.

»Ein bisschen.«

»Ich könnte nach Hallavara fahren und was einkaufen«, bot Robert an. »Ihr könntet inzwischen zur Höhle gehen. Mir sind sowieso die Zigaretten ausgegangen.«

Mikael setzte sich auf die kleine Bank in der Höhle. Durch die Öffnung konnte er auf den Kiesstrand hinausschauen und dahinter die schaumbedeckten Wogen betrachten. Tina blieb am Höhleneingang stehen. »Mir wird ganz schwindlig, wenn ich den steilen Bergweg raufschaue«, sagte sie. »Ich habe das Gefühl, ich muss mich irgendwo anlehnen, damit ich nicht umfalle.«

Mikael lachte. »Aber du gehst doch auch immer ganz nah an die Felskanten ran«, sagte er. »Wird dir da nicht schwindlig?«

Sie schüttelte den Kopf.

»Nee. Manchmal wird mir schon unheimlich, aber schwindlig wird mir dort oben nie. Seltsamerweise bloß, wenn ich hier unten stehe und raufschaue.«

Mikael hielt einen Stein in der Hand, den er am Strand gefunden hatte. Er fühlte, dass Tina sich umdrehte und ihn anschaute, deshalb streckte er, ohne ihren Blick zu erwidern, die Hand aus, damit sie den Stein betrachten konnte. Er war hell, mit hell- und dunkelbraunen Flecken überzogen und sah daher eher wie ein Vogelei aus denn wie ein Stein.

»Denkst du viel an Risto?«, fragte Tina.

Mikael schloss die Finger um den Stein und ließ ihn langsam in seiner Hand hin und her rollen. »Das kann man wohl sagen.«

»Magst du erzählen, was dir im Kopf rumgeht?«

Er zögerte.

Tina kam zu ihm und setzte sich auf einen Stein neben der Bank.

»Ich denke an ihn die ganze Zeit. Oder zumindest ist er auf eine Weise die ganze Zeit bei mir. In meinen Gedanken, meine ich. Und auch das nicht so richtig. Ich … es fühlt sich an, als könnte ich keinen klaren Gedanken fassen, keinen vollständigen. Wenn ich versuche, über ihn nachzudenken, bleibt alles ein ständiges Wirrwarr. Und trotzdem kann ich nicht damit aufhören, an ihn zu denken.«

Er öffnete die Hand und hielt ihr den Stein hin.

»Glaubst du an Gott?«, fragte sie.

Er zuckte mit den Schultern. »Ich weiß nicht. Ich weiß nicht, was ich glauben soll. Es scheint ... es scheint ziemlich unglaubwürdig. Ich meine, wenn es einen Gott gibt, dürfte es doch nicht so viel Elend geben, so viel Leid. Krieg, Hunger, Armut ... und Tod.«

»Ja, da gebe ich dir schon recht. Aber ich weiß nicht so genau. Andererseits fände ich das Leben furchtbar leer, wenn es keinen Gott gäbe. Wenn wir nicht von Gott geschaffen sind, existieren wir nur aufgrund von Zufall. Von Schicksal. Das würde auch bedeuten, dass wir ganz einsam sind.«

»Einsam?«

»Ja, ich meine, wenn wir keinen Gott haben, zu dem wir aufschauen, dem wir uns zuwenden, wenn wir ihn brauchen, dann haben wir ja nur uns selbst. Dann gibt es keinen, der stärker ist.«

»Ja, aber wir sind doch nur ganz kleine Würstchen.«

Hinten am Horizont hatten sich finstere Unwetterwolken zusammengezogen. Mikael und Tina schauten zu, wie sie schnell an Größe zunahmen, während sie sich gleichzeitig der Küste näherten. Schleier wie gigantische Stofffetzen hingen aus den Wolkenbäuchen, es roch nach Regen.

»Ich habe letzte Nacht von ihm geträumt. Von Risto, meine ich. Er hat mich in meinem Zimmer besucht. Erst hat er mir erzählt, was er in den letzten Wochen alles erlebt hat, und dann, was er demnächst alles vorhat. Dabei ist mir klar geworden, dass er nicht mal ahnte, dass er tot ist.«

»Hast du es ihm gesagt?«

Mikael nickte. »Was blieb mir anderes übrig? Aber ... ich hatte Angst, dass es ihn traurig machen würde, dass er schockiert sein würde, aber es machte ihm gar nicht viel aus. Er sagte, dass es kaum einen Unterschied ausmache, ob man lebt oder tot ist.«

»Das kann ich mir nicht vorstellen. Du?«

Mikael zuckte mit den Schultern. »Er hat das jedenfalls behauptet. Und ich habe mich für ihn gefreut.«

Tina stand auf und stellte sich an den Ausgang der Höhle. »Es wird bald regnen. Ich frage mich, wo Robert so lange bleibt. Wenn er sich nicht beeilt, wird er klatschnass.«

»Was meinst du, was passiert, wenn jemand stirbt?«, fragte Mikael und stellte sich zu ihr.

Sie suchte den Weg zur Treppe ab, in der Hoffnung, Robert dort zu entdecken. Von der Treppe sah man aufgrund der Büsche und Bäume, die zwischen den Felsen und dem Abgrund wuchsen, nur wenig. Inzwischen fielen auch schon die ersten schweren Regentropfen.

»Ich weiß nicht«, sagte Tina. »Es fällt mir schwer zu glauben, dass alles einfach vorbei ist. Nach dem Tod, meine ich. Aber es fällt mir genauso schwer zu glauben, dass etwas anderes anfängt, ein neuer Daseinszustand, eine neue Existenz. Obwohl ich weiß, dass schon viele, die fast gestorben sind und dann doch überlebt haben, von seltsamen Erlebnissen in dieser Art Zwischenzustand erzählt haben. Vielleicht gibt es tatsächlich ein Leben nach dem Tod. Ich weiß es nicht.«

»Ja, ich habe auch darüber gelesen. Andererseits behaupten viele, dass diese Nahtoderfahrungen gar nichts beweisen. Denn wer weiß schon, was in einem Gehirn vorgeht, kurz bevor man stirbt? Viele erzählen, dass sie einen Tunnel gesehen haben, einen Tunnel aus Licht. Und manchmal sind da Leute, die einen am anderen Ende erwarten, Verwandte oder Freunde, die vor einem gestorben sind. Aber vielleicht sind der Tunnel und die Menschen nur Halluzinationen, die das gestresste Gehirn hervorbringt. Alles ist vielleicht nur …«

Mikael wurde von einem lauten Donnerknall unterbrochen, das Echo hallte zwischen den Felsen. Es war nun deutlich dunkler geworden, und der Regen prasselte über Strand und Steine.

»Glaubst du, Robert kommt noch?«, fragte Mikael.

»Nee, er mag keinen Regen. Er bleibt bestimmt im Wagen sitzen«, antwortete Tina. »Hier! Dein Stein. Bist du sehr hungrig?«

»Nö, nicht besonders.«

Ein Blitz erleuchte den Himmel, kurz darauf donnerte es erneut.

»Ich muss an eine Fernsehsendung denken, die ich vor einer Weile gesehen habe«, begann Tina. »Ein Mann erzählte von seiner Nahtoderfahrung. Er war Vorstand irgendeiner Firma und wäre bei einem Autounfall fast ums Leben gekommen. Er erzählte, dass er die Unfallstelle von oben gesehen hätte, also als wäre er ein paar Meter über allem geschwebt, über den Menschen, die stehen geblieben sind, um zu helfen und so. Und sie haben ihm so leidgetan. Er wollte nicht, dass sie seinen kaputten Körper anschauen müssen. Und dann erzählte er auch von all dem anderen, was du gesagt hast, dem Tunnel und dem Licht. Dann starb er aber doch nicht, sondern kam auf irgendeine Weise wieder in seinen Körper zurück, landete im Krankenhaus und wurde wieder gesund. Und jetzt kommt's. Sein Leben war danach völlig verändert, hat er behauptet. Er hat seine Firma aufgegeben, weil er fand, dass Geld keine so große Rolle mehr spielt. Außerdem hat er sich immer zu dem Licht und dem Tunnel zurückgesehnt. Aber umbringen wollte er sich auch nicht. Zu leben war noch wichtiger. Er benutzte das Wort *Sehnsucht*, daran erinnere ich mich noch genau. Ich bin mir nicht sicher, aber ich glaube, er erwähnte Gott und den Himmel mit keiner Silbe, und trotzdem hatte man das Gefühl, dass er über etwas … etwas Heiliges sprach. Das war wirklich eine sonderbare Sendung.«

Mikael spielte immer noch mit dem eierförmigen Stein in seiner Hand. Er versuchte, Tina zuzuhören, aber seine Gedanken waren bei seinem Vater und dessen Tod. Ob Risto auch seinen verletzten Körper im Krankenhausbett liegen sehen hatte? Konnte auch er auf die Menschen herunterschauen, die sein Leben zu retten versucht hatten? Und auf die, die kamen, um Abschied zu nehmen? Dann hätte er doch auch mitbekommen, dass jemand fehlte.

Er tat einen Schritt aus der Höhle hinaus. Es regnete kaum noch, nur mehr ein stetes Nieseln, und Mikael konnte die Konturen der Insel Hallands Väderö schon wieder ausmachen. Einige Sonnenstrahlen hatten den Weg durch die Wolken gefunden und spielten auf den Wogen.

»Ich war nicht dabei, als er starb«, platzte Mikael heraus. »Es war drei Tage nach dem Unglück. Wir waren die ganze Zeit bei ihm geblieben, Mutter und ich. Wir durften sogar bei ihm schlafen. Am dritten Tag dann sagte der Arzt, dass Risto das Schlimmste überstanden hätte. Ich kann mich nicht mehr an alles, was er sagte, erinnern, aber an diese Worte erinnere ich mich ganz genau: ›Er hat das Schlimmste überstanden.‹ Das hat der Arzt gesagt. Helena und ich haben das beide so gehört; dass er überleben wird, dass wir uns entspannen dürfen, aufatmen. Deshalb fuhr Mutter gleich nach Hause, um zu duschen, sich umzuziehen und so. Dann kam sie zurück ins Krankenhaus, und ich fuhr schnell nach Hause. Ich habe einen Freund angerufen. Wir haben aber nicht lange telefoniert. Und ich hab die Blumen gegossen, weil Mutter das vergessen hatte. Dann hab ich geduscht, und als ich aus dem Bad kam, klingelte schon das Telefon. Es war Helena. Sie weinte und sagte, dass ich mich beeilen sollte. Papa würde es plötzlich wieder viel schlechter gehen.«

Sobald sich Tina zu ihm stellte, verlor er den Faden.

»Ich kam zu spät«, schloss er und trat ganz aus der Höhle hinaus.

Etwas in ihrem Blick ließ ihn plötzlich schweigen, obwohl er noch nicht fertig erzählt hatte. Das war ihm schon mehrmals passiert; er tat sich schwer, Anteilnahme anzunehmen. Das Ganze kam ihm wie ein Spiel vor, wie ein grässliches Schauspiel, in dem Menschen sich an ein Drehbuch hielten, anstatt aus echtem Mitgefühl und Verständnis heraus zu handeln. Nicht dass ihm Tinas Nähe als falsch oder aufgesetzt vorgekommen wäre. Manchmal genügte schon die kleinste Veränderung im Tonfall, oder wie jetzt, etwas im Blick des Gegenübers, dass er den Faden verlor, dass er sich verschloss und verstummte.

Der Kies glänzte vom Regen, die Steine waren glatt und glitschig; das Moos und die Flechten, mit dem viele bedeckt waren, schimmerten in prachtvollen Farben. Mikael steckte sich den eiförmigen Stein in die Tasche und fing an, sich nach anderen schönen oder ungewöhnlichen Steinen umzusehen. Tina folgte ihm. Sie schaute auf die Uhr und dann nach oben auf die Heide.

»Robert ist nun fast schon eine Dreiviertelstunde weg. Wir sollten besser zum Parkplatz gehen. Was meinst du?«

Mikael hatte einen grauen Stein mit merkwürdigen roten Adern gefunden. Er sah fast aus wie von feinen Blutgefäßen durchzogen. Als würde der Stein leben. Oder als hätte er einmal gelebt.

»Ich würde gerne noch ein wenig bleiben«, erwiderte er. »Es gibt hier jede Menge fantastischer Steine.« Da fiel sein Blick auf einen Gegenstand am Wasser. »Aber wenn es dir lieber ist, können wir auch gehen. Ich schau nur mal eben, was da liegt.«

»Okay, dann warten wir einfach noch ein bisschen. Aber nimm nicht jeden Stein mit, den du siehst«, sagte Tina. »Wir kommen sicher noch öfter hierher. Der Sommer hat ja gerade erst angefangen.«

Mikael hob eine Holzplatte auf, die an den Strand gespült worden war. Er drehte sie um. Ein emailliertes Schild mit der Aufschrift BEWARE OF THE GROYNES war daran festgeschraubt. Er hielt es hoch, damit Tina es sehen konnte.

»Weißt du was ›Groynes‹ bedeutet?«, rief er.

Sie schüttelte den Kopf und zeigte in Richtung Treppe. »Nein, aber ich weiß, dass wir bald was in den Magen kriegen. Robert kommt doch.«

Es war Abend. Tina und Mikael hatten sich gerade von Robert verabschiedet, nun saßen sie zusammengekauert auf der alten Mauer, die den Obstbaumgarten einschloss, und betrachteten den Sonnenuntergang über den Feldern. Als Kinder suchten sie an der Mauer immer nach alten Münzen oder Gegenständen, die andere viele Jahre zuvor hier verloren haben könnten. Einmal haben sie nämlich einen versilberten Löffel gefunden.

»Ich habe über das nachgedacht, worüber wir in der Höhle gesprochen haben«, sagte Mikael. »Über das Licht und den Tunnel. Ich frage mich, ob dieses Licht vielleicht der Grund ist, warum wir überhaupt an einen Himmel glauben. Denk an die Menschen in der Steinzeit, zum Beispiel. Oder die Leute, die noch früher gelebt haben. Ihre einzige Lichtquelle war doch die Sonne, oder? Und wenn einer von ihnen ein

Nahtoderlebnis hatte, musste er das mit dem Licht und dem Tunnel mitgekriegt haben. Ein Licht, das ihn angezogen hat. Als würde sich die Kraft hinter allem dort ganz hoch oben befinden. Was denkst du?«

»Ja, vielleicht. Daran habe ich noch gar nicht gedacht«, antwortete Tina. »Aber es kann doch auch so sein, dass es beides gibt, Himmel und Gott, egal was im Hirn vor sich geht, während man stirbt.« Sie lachte. »Wir werden es vermutlich nie herausfinden. Jedenfalls nicht so, dass wir danach darüber sprechen könnten. Übrigens, hast du *Peter Pan* gelesen?«

»Nö, glaub nicht. Aber ich hab den Film vor vielen Jahren gesehen.«

»Ich weiß nicht mehr genau, welche Worte er benutzt, aber er sagt etwas wie ›Zu sterben wird ein fantastisches Abenteuer sein‹.«

Mikael schauderte, er mochte sich den Tod nicht als Abenteuer vorstellen.

Tina bemerkte sein Unbehagen. »Stell dir vor!«, sagte sie. »Wenn du alt bist und stirbst, darfst du alle deine Freunde wieder treffen, alle deine Verwandten. Und Risto. Das ist doch großartig, findest du nicht?«

Er fröstelte, obwohl die Sonne immer noch nicht untergegangen war und ihre Strahlen ihn trafen. Er hatte das Bedürfnis, sich zu bewegen, und sprang an der Außenseite der Mauer hinunter. »Ich weiß nicht, was ich glauben soll. Aber du … du sprichst über den Tod, als würde dir das Leben nichts bedeuten, als wäre das Leben nur … ein Zwischenstadium auf dem Weg zum Tod. Wir wissen doch nicht, was uns nach dem Tod erwartet. Aber wir wissen sehr wohl, was man aus einem Leben machen kann. Daher muss man sich doch wohl eher aufs Leben konzentrieren. Oder nicht? Und überhaupt, es sterben ja nicht nur die Alten. Menschen allen Alters sterben doch andauernd; plötzlicher Kindstod, Krieg, Mord, Krankheiten, Autounfälle. Ich kann mir den Tod nicht als Abenteuer vorstellen. Das geht einfach nicht. Ich finde den Tod unheimlich, und er macht mir Angst.«

Tina wirkte traurig. »Ich sagte doch nicht, dass ich den Tod als Abenteuer betrachte. Da hast du mich falsch verstanden. Ich hab doch nur gesagt, was Peter Pan darüber denkt. Aber wenn es stimmt, dass wir unsere verstorbenen Freunde und Verwandten nach dem Tod wiedersehen, so freue ich mich darauf, das ist doch klar. Aber das heißt doch noch lange nicht, dass ich den Tod herbeisehne. Im Gegenteil. Ich habe vor, noch lange zu leben. Sehr lange.«

Ich bin mir sicher, dass Risto sich das auch gewünscht hätte, dachte Mikael.

Dann saßen sie still da.

»Ich glaube, ich lege mich jetzt hin und lese ein bisschen«, sagte Mikael und kletterte über die Mauer zurück in den Obstgarten.

Tina hüpfte hinter ihm her. »Komm doch noch mal schnell mit rein«, sagte sie. »Ich will dir was zeigen.«

Elisabet saß zusammengekauert auf dem Sofa und guckte Nachrichten. Tina fragte nach Erik.

»Er ist in seinem Arbeitszimmer«, antwortete ihre Mutter.

Tina drehte sich zu Mikael um. »Warte!«, sagte sie. »Ich bin gleich zurück.«

Mikael ließ sich neben Elisabet aufs Sofa fallen. Kaum hatte er sich gesetzt, kam eine schwarze Katze angelaufen und sprang zu ihm nach oben. Sie drängte sich gegen seine Hand, und er spürte mehr, als er es hörte, dass sie sofort zu schnurren anfing.

»Gefällt es dir hier?«, fragte Elisabet.

»Ja, es ist super.«

»Deine Mutter hat vorhin angerufen. Ich hab ihr gesagt, dass ich dich ans Telefon hole, aber sie sagte, es reicht, wenn ich dir Grüße ausrichte. Sie wird bald wieder anrufen. Klingt so, als käme sie ganz gut zurecht.«

Mikael murrte etwas Unverständliches.

Tina kam mit einem Fotoalbum zurück. »Jetzt wirst du es gleich sehen«, sagte sie und setzte sich zu ihm. »An dieses Bild musste ich heute denken, als wir an Hovs Hallar vorbeikamen. Als du mit diesem Vogeleistein in der Höhle gesessen bist.«

Sie blätterte weiter. »Hier, schau! Ja, da ist es.«

Sie deutete auf eine Seite mit drei Bildern. Alle waren am Kiesstrand unterhalb der Klippen aufgenommen worden. Risto, seine Mutter und Elisabet an einem sonnigen Sommertag vor vielen Jahren.

»Das muss vor meiner Geburt gewesen sein«, sagte Mikael und beugte sich hinunter.

»Ja, da war noch nicht mal Tina auf der Welt«, fuhr Elisabet dazwischen und deutete auf das eine Bild. »Schau, was für einen dicken Bauch ich da habe.«

Auf dem unteren Bild war Risto zu sehen. Risto allein. Er lächelte direkt in die Linse. In seiner rechten Hand hielt er einen völlig weißen Stein, den er in die Kamera hielt. Mikael studierte sein Gesicht. Augen, Nase, Mund. Manchmal sind wir uns so ähnlich, dachte er.

Das Bild war beschriftet.

Ich weiß nicht, wie die Welt mich sieht, aber ich selbst komme mir vor wie ein spielender Junge am Strand, der seine Zeit damit verbringt, hier und dort einen noch glatteren Stein zu finden oder eine noch schönere Muschel, während der große Ozean der Wahrheit unentdeckt vor mir liegt.

Während Mikael das las, hörte er Erik ins Zimmer kommen. Erik stellte sich hinter das Sofa und schaute über Mikaels Schulter ins Album hinunter.

»Das ist von Isaac Newton«, sagte er. »Dem Wissenschaftler. Diese Worte passten so gut zu Risto in jenem Sommer. Ja, eigentlich nicht nur dann. Newton und Risto hatten irgendwie dieselbe demütige Einstellung zum Leben.«

»Wie meinst du das?«, fragte Mikael.

Erik zögerte ein wenig mit der Antwort. »Vielleicht müssen nicht alle großen Fragen, die man mit sich herumträgt, beantwortet werden. Das Wichtigste ist doch, dass man lebt. Und dass man lernt, das Schöne und Gute in seiner Umgebung zu schätzen. Dann kann man vielleicht ein glückliches, oder vielleicht besser noch, ein harmonisches Leben führen.«

III.

Nur wer
noch träumen kann,
kann leben.

Gunnar Ekelöf
»Sorgen och stjärnan«

ska riss an der Leine. Mikael versuchte, sich dagegenzustemmen, aber sein Schritt wurde trotzdem bald wieder schneller. Die große Hündin war einfach zu kräftig, sie gab den Ton an, Mikael konnte sich nicht dagegen wehren. Er war nun schon fast zwei Wochen auf dem Hof, und im Großen und Ganzen fühlte er sich dort wieder so zu Hause wie damals als Kind. Nun hatte er Aska mit auf einen langen Spaziergang über den Berg genommen. Sie folgten dem Feldweg, der sich in sanften Kurven dahinschlängelte. Mit Äckern und Wiesen auf der einen Seite, mit Bäumen auf der anderen. Wenn Mikael sich recht erinnerte, würde er bald an einen Pfad gelangen, der in den Wald hineinführte und hinauf auf den Bergrücken. Er war diesen Weg vor sechs oder sieben Jahren mit Erik und Risto entlanggegangen. Es war damals Frühling, und sie standen oben auf dem Gipfel und schauten in eine Talsenke mit blühenden Obstbäumen hinunter. Er erinnerte sich, dass er beim Anblick all der Blüten an die Brüder Löwenherz und das Kirschtal, eine Geschichte von Astrid Lindgren, gedacht hatte, was er den beiden dann auch erzählte. Erik erklärte, dass die Bäume zu einer Apfelzucht gehörten. Und er erinnerte sich, dass damals sowohl seinem Vater als auch ihm selbst, ein Ort eingefallen war – allerdings in Mazedonien. Heute konnte sich Mikael nicht mehr erinnern, an welchen. Ob Erik es noch wissen würde? Aber das war kaum anzunehmen.

Tatsächlich, da war der Weg. Die Abzweigung sah in etwa immer noch so aus wie in seiner Erinnerung, nur dass die Büsche vielleicht noch etwas dichter waren als damals. Die Hündin wollte zwar geradeaus weiterlaufen, aber Mikael konnte Aska davon überzeugen, in den Wald mitzukommen.

Er dachte über seine Erinnerungen nach. Ein Phänomen, das erst auftaucht, wenn jemand tot ist: Plötzlich ist man mit seinen Erinnerungen, die man mit dem anderen bis dessen Tod geteilt hatte, allein. Früher konnte man miteinander über das gemeinsam Erlebte sprechen, man konnte einander berichtigen, wenn man etwas falsch in Erinnerung hatte oder Ereignisse durcheinandergebracht hatte, und man konnte ergänzen, was der andere vergessen hatte. Wenn der andere dann nicht mehr da ist, muss man sich selbst an alles erinnern, und plötzlich – genau dort auf dem Pfad zum Bergkamm, auf dem er und Aska sich durch die Büsche und Äste drängten – wurde Mikael bewusst, dass er durch Ristos Tod einen großen Teil seiner Kindheit verloren hatte. Er wird sich nie mehr an alles erinnern, was er mit seinem Vater erlebt hatte. Niemals. Die Bilder von ihren gemeinsamen Erlebnissen werden fortan bruchstückhaft bleiben und nur mehr seine eigenen sein.

Die Hündin blieb an einem Baum stehen und fing an, aufgeregt den Boden zu beschnuppern. Mikael atmete auf. Heute war es wirklich warm. Er nutzte die Gelegenheit, den Schokokuchen, den er mitgebracht hatte, auszupacken. Es war ungewöhnlich still in diesem Wald. Fast unheimlich still. Als würde alles gespannt darauf warten, dass bald etwas passiert. Oder aber als wäre bereits etwas Schreckliches passiert.

Er biss von seinem Kuchen ab und schaute auf die Hündin hinunter. Mit ihrem aschgrauen Fell machte sie ihrem Namen alle Ehre. Im schwachen Sonnenlicht, das sich einen Weg durch das grüne Blattwerk suchte, glitzerte es geradezu silbern.

Mikael versuchte, sie mit einem Stück Kuchen zu locken, aber sie interessierte sich nicht dafür, lieber scharrte sie eifrig weiter. Aber bald verlor sie die Lust und jagte den Pfad hinauf.

Es dauerte länger, auf den Bergrücken hinaufzukommen, als er in Erinnerung hatte, aber als sie oben angekommen waren, erkannte er alles wieder. Anders als bei seinem letzten Besuch hatten die Apfelbäume diesmal bereits ausgeblüht. Sie standen in langen Reihen und warteten darauf, dass das Obst wuchs.

Mikael sah einen Hund, der an ein Haus im Tal angebunden war. Der entdeckte ihn und Aska im selben Augenblick, erstarrte und fing im nächsten Moment wie wild an zu bellen. Aska blieb zwar still, aber Mikael konnte die Spannung in ihrem Körper spüren. Sie fixierte den anderen Hund, und da erinnerte er sich plötzlich an das, was Risto an dieser Stelle vor sechs, sieben Jahren gesagt hatte.

»Den Sommer, als ich dreizehn wurde, verbrachte ich mit meinen Kusinen. Sie wohnten mit ihrer Familie in einem kleinen Dorf im Vardartal nördlich von Skopje. Sie pflanzten Äpfel an, und ich und meine Kusinen durften bei der Ernte mithelfen. Eines Abends, als wir nach einem langen Tag Arbeit die Apfelzucht auf der Höhe verlassen hatten, um ins Haus meiner Verwandten zurückzukehren, begegneten wir einem Wolf. Ja, einem echten Wolf. Er sprang aus dem Gebüsch keine dreißig Meter von uns entfernt. Mein Cousin Stojan erzählte gerade etwas, ich weiß nicht mehr, was. Er redete immerzu. Seine Schwester Rosana sah den Wolf zuerst. Sie blieb sofort stehen und griff nach meinem Arm. Stojan, der direkt hinter mir ging, lief mir in den Rücken. Ich sah sein Gesicht, als er den Wolf erblickte. Erst verstummte er. Dann wurde er augenblicklich bleich. Alle Farbe verschwand aus seinem Gesicht. Der Wolf war mitten auf dem Weg stehen geblieben. Sie, ich glaube, dass es ein Mädchen war, starrte uns mit leuchtenden Augen an. Nur einen Augenblick. Trotz des Abstands hatte ihr Blick etwas Hypnotisierendes. Dann verschwand sie schnell zwischen den Büschen auf der anderen Seite des Wegs. Wir blieben noch lange stehen, bevor wir wagten weiterzugehen. Stojan sagte kein Wort mehr. Ich weiß nicht, warum wir so Angst hatten, sie hatte uns ja nicht angefallen. Es war wirklich ein aufregendes Erlebnis. Seitdem

*habe ich keinen lebendigen Wolf mehr gesehen. Nie wieder. Es war
wirklich beeindruckend.«*
*Und dann hatte er Mikael angelächelt und ihm die Hand auf die
Schulter gelegt.*

Plötzlich riss Aska an der Leine. Sie versuchte, zu dem anderen Hund
hinunterzulaufen. Fast hätte sie Mikael umgerissen, aber er schaffte es
gerade noch, sich mit dem Fuß gegen einen Stein zu stemmen. Dann
begann sie zu bellen. Er versuchte, sie zu beruhigen, aber das rührte
sie gar nicht. Deshalb zog er sie zurück auf den Pfad im Wald.

Als sie zurückkamen, war Erik gerade dabei, den Wagen in der Einfahrt zu waschen. Mikael ließ Aska von der Leine, sodass sie zu ihrem
Herrchen, das gerade die Radkappen putzte, rennen konnte. Dann
schaute er den beiden zu, wie sie auf dem Boden herumtollten und
so taten, als würden sie miteinander kämpfen.

»Wo wart ihr?«, fragte Erik, nachdem er und Aska sich wieder beruhigt hatten.

»Oben auf dem Bergkamm. Über der Apfelzucht«, antwortete Mikael. »Du und ich und Risto waren da vor ein paar Jahren. Kannst du
dich erinnern?«

»Klar«, nickte Erik. »Natürlich. Hat sich kaum was verändert,
stimmt's?«

»Ja, stimmt«, sagte Mikael. Dann lachte er.

Erik stand auf und bürstete sich die Hosen ab. »Was ist? Ist was
passiert?«

»Ja, kann man so sagen«, antwortete Mikael und senkte seine Stimme geheimnisvoll. »Wir sind einem Wolf begegnet. Zumindest fast.«

IV.

Es ist ein leichter Tag, und die Sonne steht schräg
über dem Flachland. Bald werden die Glocken läuten,
denn es ist Sonntag.

Stig Dagerman
»Att döda ett barn«

ikael!«
Er legte das Buch aus der Hand und trat an das offene Fenster.
Es war Tina. Sie stand mit Robert unten im Garten. »Juhu! Es ist so weit.«
»Wofür?«
»Für das Meer. Es ist heute richtig heiß. Kommst du mit?«
»Na klar!«
»Na dann. Wir schmieren noch ein paar Brote und kochen Kaffee, dann geht's los.«

Das Wasser war immer noch ganz schön kalt, aber sie waren immerhin schon mal drin gewesen. Die Sonne sengte herunter und brannte den dreien auf der Haut. Mikael stellte einen letzten Versuch an, auf den Grund der Bucht hinunterzutauchen; das Wasser war glasklar, und man konnte die Steine und Wasserpflanzen deutlich erkennen. Aber es war viel zu kalt dort unten und viel tiefer, als er angenommen hatte, deswegen tauchte er schon nach wenigen Metern wieder auf.

Bibbernd kletterte er ans Ufer zurück und lief zu seinem Handtuch, um sich damit warm zu rubbeln. Tina lag auf dem Rücken und sonnte sich. Um die Augen vor der Sonne zu schützen, hielt sie sie fest geschlossen. Neben ihr lag Robert mit einer glühenden Zigarette.
»Und, hast du die Hand gefunden?«, fragte Robert.

»Was?«

»Die Hand! Du hast doch davon gehört.«

Mikael schüttelte den Kopf und warf Tina einen hastigen Blick zu. Sie lächelte, die Augen immer noch fest zusammengekniffen.

»Das ist eine alte Geschichte«, fuhr Robert fort. »Vor vielen Jahren hat man hier einen Toten gefunden. Vielleicht ist er ausgerutscht und runtergefallen, vielleicht hat er sich absichtlich von den Klippen gestürzt, das weiß keiner so genau. Jedenfalls hat der Leiche eine Hand gefehlt. Und obwohl man die ganze Gegend danach abgesucht hat, ist sie nie gefunden worden. Sie fehlt immer noch. Ein totales Rätsel.«

Mikael setzte sich auf einen Felsen, mit dem Rücken zu Sonne und Meer.

»Um diese Klippen ranken sich wohl viele Geschichten, die mit dem Tod verbunden sind«, sagte Mikael und ließ den Blick über die Bergwege schweifen. »Ich frage mich, ob das mit den steilen Abhängen und den hohen Steilwänden zu tun hat.«

Tina öffnete blinzelnd die Augen. Sie beschattete ihr Gesicht mit einer Hand. »Was meinst du?«

»Ich meine, es ist hier so wunderschön, alles ist so überwältigend, fast wie im Märchen, dass man sich winzig klein fühlt, wenn man hier ist. Das hat nicht nur mit den Klippen zu tun, sondern auch mit dem Meer. Vielleicht fühlt man sich in dieser unberührten Landschaft, die laut Risto schon vor vielen Millionen Jahren so ausgesehen hat, die sich seit Menschengedenken nicht verändert hat, noch kleiner als anderswo, noch zerbrechlicher, noch vergänglicher.«

»Kann schon sein«, warf Tina ein. »Mir geht das immer so, wenn ich im Herbst in den sternenklaren Himmel schaue. Da fühle ich mich erschreckend klein. Weil das Universum so unendlich groß ist. Unvorstellbar groß.« Sie schaute Mikael an. »Von so was wird mir schwindlig. Da dreht sich bei mir alles. Stell dir vor, du legst dich auf den Rücken und lässt dich voll auf diese Vorstellung von Unendlichkeit ein, die Sterne, die Nacht. Das ist, als würde man plötzlich hochgehoben. Als würde man schweben.«

Robert hatte sich aufgestützt und schaute auf den frei stehenden Felsen hinüber. Tina und Mikael folgten seinem Blick. Dort standen zwei Menschen. Sie hielten Seile in den Händen. Und immer wieder schauten sie den Felsen hinauf. Die beiden schienen heftig miteinander zu diskutieren.

»Was haben die denn vor?«, fragte Robert.

»Ich glaube, die wollen da raufklettern«, antwortete Tina.

»Auf den Felsen? Das ist doch lebensgefährlich«, warf Mikael ein.

»Nee, die haben doch eine Ausrüstung«, erklärte Tina gelassen. »Das sind richtige Bergsteiger. Besser gesagt Klippensteiger.«

Robert stand auf und nahm sein Badetuch mit. »Kommt! Wir legen uns auf den Felsvorsprung, wo wir beim letzten Mal gelegen sind. So können wir besser zuschauen.«

Nun waren sie auf dem Vorsprung, und wieder staunte Mikael, wie schön dieser Platz war. Es muss daran liegen, dass ich älter werde, dachte er. Fast erwachsen. Als ich klein war, habe ich mir nie Gedanken darüber gemacht, ob es hier schön ist oder nicht. Ich war einfach nur. Risto dagegen hat oft davon gesprochen, wie fantastisch schön die Landschaft von Skåne ist. Sagenhaft.

Mikael schaute ins Land hinein. Heideland so weit das Auge reichte – zum großen Teil von Wacholder, Erika und Beerenbüschen bedeckt. Sein Blick wanderte zu dem Wald hinüber und nach einer Weile auf den höchsten Punkt des Kammes, von dem man eine atemberaubende Aussicht auf die Umgebung hatte, so das Wetter es zuließ.

»Wir müssen mal auf den Knösen hinaufgehen«, sagte Mikael zu den anderen und ließ sich im sicheren Abstand zum Steilhang nieder. Ihm schauderte, als er den Pfad betrachtete, der direkt an der Kante entlangführte. Nur ein zentimeterbreiter Streifen Gras trennten ihn von den Klippen. Ein Zentimeter kann über Leben und Tod entscheiden, dachte er. Manchmal ist es wirklich so wenig. Nur ein falscher Schritt, und alles ist vorbei.

Tina sah seinen Blick. »Dieser Pfad ist von den Kühen«, sagte sie und setzte sich zu ihm. »Die laufen hier jeden Abend auf dem Weg von der Weide zurück zum Hof. Eine der Klippen nördlich von hier heißt deswegen auch Kuhhalle. Dort sind über die Jahre schon jede Menge Kühe runtergefallen. Und die Wanderer nehmen diesen Pfad auch. Genau an der Kante entlang.«

»Dass die sich das trauen? Das verstehe ich nicht.«

Sie lachte. »Ich glaube, das hat nichts mit trauen zu tun. Jedenfalls nicht immer. Manchmal benutzen sie den Weg auch nur, weil sie glauben, dort gehen zu müssen. Sie …«

»Schaut!«, unterbrach Robert. »Jetzt klettern sie los.«

Tina legte sich bäuchlings mit dem Kopf über den Abhang. Mikael konnte sein Herz im Hals schlagen fühlen, als er sich neben sie legte. Er hatte den Eindruck, der Boden wäre zur Felskante hin abschüssig, und er liefe Gefahr, langsam aber sicher abzurutschen. Tina schien das nichts auszumachen.

Einer der beiden war schon einige Meter geklettert. Vorsichtig tastete er sich Griff für Griff weiter. Ein Seil verband ihn mit dem anderen, der noch am Boden stand.

»Was sagst du?«, fragte Mikael.

»Hm … na ja, dass Menschen manchmal einfach blind vorantrampeln, ohne drüber nachzudenken. Ich meine, nur weil es einen Weg gibt, muss ich den doch nicht nehmen, oder? Man kann doch seinen eigenen finden, einen neuen Weg. Oder nicht?«

Der Kletterer war vier, fünf Meter über dem Boden stehen geblieben und rief nun dem anderen zu: »Mehr Seil!«

Der Mann auf dem Boden ließ Seil nach, so machte der Kletterer einen Satz, presste sich gegen die Klippenwand und hievte sich schnell nach oben. Seine rechte Hand fand gerade noch Halt in einem winzigen Spalt. Er lachte, und im selben Augenblick entdeckte er Mikael und die anderen. Er winkte ihnen zu.

Kurz darauf war er oben angelangt. Vorsichtig kletterte er auf das Plateau und stand erstaunlich schnell und leichtfüßig auf. Ein Schauer des Unbehagens lief Mikael den Rücken herunter, als er den Mann betrachtete. Ich weiß, was passiert wäre, wenn du gefallen wärst, dachte er. Ich weiß genau, wie das ausgegangen wäre.

Der Mann sicherte sich dort oben mit dem Seil und ein paar Klemmen ab.

»Alles klar!«, rief er zu dem anderen hinunter, und kurz darauf begann er, das Seil einzuholen, das ihn mit ihm verband.

Nun war der andere dran mit Klettern. Er folgte dem Weg seines Vorgängers; sicherte sich in denselben Haken, die der erste in die Felswand geschlagen hatte.

Tina stand auf und applaudierte dem Kletterer, während der sich dem Gipfel näherte. Sobald sein Partner oben angelangt war, umarmten die beiden einander, wendeten sich dann Tina, Robert und Mikael zu und winkten ihnen. Sie standen gerade mal zwanzig Meter voneinander entfernt. Zwanzig Meter, mit einem tiefen Abgrund dazwischen.

Mikael schätzte den Absatz dort drüben auf gerade mal anderthalb mal zwei Meter groß. Er fand, dass sich die beiden erstaunlich angstfrei auf dem Felsen bewegten. Sie schienen sich der Gefahr nicht bewusst. Der Wind fuhr ihnen in Haare und Kleider, obwohl es nicht besonders windig war, und Mikael dachte an die Möwe, die beim letzten Mal dort gesessen hatte. Ihn fröstelte, und er war sehr froh, dass er sich auf einem bedeutend sichereren Platz befand.

»Wollt ihr einen Kaffee, wenn ihr mit eurem Heldenstück durch seid?«, rief Tina.

»Was soll denn daran ein Heldenstück sein?«, fragte der, der als Erster geklettert war.

Tina lächelte und zuckte mit den Schultern.

»Ist denn genug für alle da?«, fragte der andere.

»Aber klar. Der reicht auch für euch. Ihr müsst nur hier rüberkommen und ihn euch holen. Wir werden garantiert nicht zu euch hochklettern.«

»Ich heiße Joakim«, sagte der, der zuerst geklettert war.

»Und ich heiße Petr.«

»Petr?«

Er lächelte und nickte. »Ja, genau.«

Tina stellte sich und die anderen vor und hielt dann jedem eine Tasse hin.

»Ist euch das nicht unheimlich zu klettern?«, platzte es aus Mikael heraus. »Davon wird einem doch schwindlig. Besonders wenn man einen solchen Felsen hochklettert. Das ist doch steil und alles voller spitzer Kanten. Ich hätte Todesangst.«

Die Männer lächelten.

»Ich finde das kein bisschen unheimlich«, sagte Petr. »Na ja, in deinem Alter, mit sechzehn oder zwanzig wäre ich niemals hier raufgeklettert. Da hätte ich auch Panik gehabt. Das ist inzwischen anders. Aufregend ist das immer, aber Angst habe ich nie. Hätte ich die, würde ich es bleiben lassen.«

»Im Übrigen sichern wir uns ja ab«, fügte Joakim an. »Wir haben ja Geschirr, Seile und Haken. Und einander natürlich.«

Petr fragte Mikael. »Hast du Höhenangst?«

Mikael zuckte mit den Schultern. »Ja, ein bisschen. Vielleicht nicht mehr als andere auch. Das weiß ich nicht. Jedenfalls finde ich Höhen nicht sehr angenehm. Genauer gesagt Abgründe und Abhänge. Ich hab deswegen manchmal sogar Albträume.«

»Was passiert in deinen Träumen?«

Er zögerte mit seiner Antwort. »Unterschiedlich. Aber oft stehe ich auf einer sehr hohen Mauer. Sie ist nie sehr breit, vielleicht gerade mal dreißig Zentimeter, dafür aber sehr hoch, bestimmt zwanzig oder dreißig Meter. Und ich muss über die Mauer, um dorthin zu kommen, wo ich hinsoll. Eine Weile geht das gut. Einmal träumte ich, dass ich mit einem Mitschüler auf dem Weg zur Schule in voller Fahrt auf die Mauer raufgesprungen bin. Aber plötzlich wird es dann unangenehm, und ich kriege furchtbar Angst. Dann setze ich mich auf die Mauer und lasse die Beine runterbaumeln, und gleich darauf

fängt die Mauer unter mir an zu schwanken, als würde sie gleich zu-
sammenkrachen. Das ist scheißunheimlich.«
Die anderen waren bei Mikaels Worten ganz still geworden. Petr
und Joakim hatten ihren Kaffee ausgetrunken. Tina wirkte in Gedanken versunken. Robert zündete sich eine Zigarette an.
Mikael stand auf und ging in Richtung Wacholderbüsche. »Bin
gleich wieder da.«
Er stellte sich in etwa dreißig Metern Entfernung hinter einen
Busch. Von dort aus konnte er die anderen nicht mehr sehen. Nun
war er mit der Natur allein. Er öffnete den Hosenschlitz, um zu pin-
keln, und plötzlich überkam ihn Trauer. Tränen füllten seine Augen.
Er schluchzte und versuchte, sie wegzublinzeln.
Als er fertig gepinkelt hatte, knöpfte er sich die Hose zu und hockte
sich hin. Aber das Weinen wollte nicht aufhören. Er verstand nicht
recht, was ihn plötzlich so traurig gemacht hatte, es hatte etwas mit
der Stimmung an den Klippen zusammen mit den anderen zu tun,
das ihn plötzlich so traurig machte. Mikael versuchte, sich zu erinnern, ob ihn die Unterhaltung an Risto erinnert hatte, aber es kam
ihm nichts in den Sinn. Er fühlte sich einfach nur extrem verletzlich
und dünnhäutig.
Nach einer Weile versiegten die Tränen. Mikael trocknete seine
Wangen und Augen mit dem Ärmel seines T-Shirts. Dann wartete er
noch einen Augenblick, bevor er zu den anderen zurückging.
Tina versuchte, seinen Blick einzufangen, aber er vermied es, sie
anzusehen. Er setzte sich zwischen Petr und Robert. Die beiden waren in eine Diskussion über die Risiken von Drachenfliegen und Klettern vertieft.
Joakim lächelte, sobald er Mikaels Blick begegnete. Mikael versuchte, das Lächeln zu erwidern, aber der Versuch endete mit einer
Grimasse. Er trank seine Tasse aus, stellte sie vor sich und starrte auf
die Erde.
Roberts und Petrs Diskussion verebbte, und bald schwiegen alle.
Kurz darauf stand Joakim auf und streckte die Beine.

»Wir müssen jetzt weiter. Es ist höchste Zeit fürs Abendessen«, sagte er und begann, seine Sachen einzusammeln.

Auch die anderen standen auf.

»Wo wohnt ihr?«, fragte Robert. »Nicht hier in der Gegend, oder?«

»Wir kommen eigentlich aus Småland«, antwortete Joakim. »Aus der Nähe von Oskarshamn. Im Moment mieten wir eins dieser kleinen weißen Häuschen hinterm Café.«

»Wir haben Ferien«, fügte Petr an.

»Und ihr?«, fragte Joakim. »Ihr wohnt wohl in der Gegend.« Er deutete auf Tina und Robert. »Jedenfalls klingt es danach.«

Tina nickte.

»Das ist ja klasse! Da darf man hoffen, dass wir uns bald wieder über den Weg laufen«, sagte Petr. »Wir werden wohl einige Wochen hier bleiben. Oder was denkst du, Joakim?«

Der andere nickte. »Ich denke schon.«

Am Parkplatz angelangt schlossen sie den Wagen auf. Hitze schlug ihnen entgegen und der süßliche Geruch von kochenden Kunststoffsitzen.

»Siehst du! Wir hätten ihn auf der anderen Seite parken sollen«, meckerte Tina. »Dann würde er jetzt im Schatten stehen.«

Robert seufzte.

»Das ist ja wohl nicht so schlimm. Wenn wir alle Fenster runterkurbeln, kühlt es schnell ab. Außerdem müssen wir ohnehin nur ein paar Meter fahren.«

»Schlimm? Hab ich schlimm gesagt? Es ist heiß im Wagen. Mehr hab ich nicht gesagt.«

Mikael döste auf dem Rücksitz. Der Kunststoffbezug des alten Volvo klebte an seinem Rücken, obwohl er ein Sweatshirt übergezogen hatte. Er hatte das Fenster heruntergelassen und lehnte sich mit geschlossenen Augen gegen die Tür. Dass sich Robert und Tina auf den Vordersitzen stritten, war ihm im Augenblick völlig egal.

»Und überhaupt waren die beiden schwul«, sagte Robert gerade.
»Das war ja wohl so deutlich wie nur irgendwas.«

»Und was spielt das für eine Rolle?«, fragte Tina spitz. »Ich hatte
den Eindruck, als hättest du dich sehr gut mit ihnen verstanden. Im
Gespräch scheint es dich nicht gekümmert zu haben, dass sie schwul
waren. Falls sie überhaupt schwul waren.«

»Falls? Hast du nicht gesehen, wie sie sich angeschaut haben?«

Tina gab einen lauten und ausgedehnten Seufzer von sich.

»Manchmal verstehe ich dich nicht, Robert. Wie sie sich angeschaut haben. Bist du plötzlich ein Experte in Sachen Bedeutung von
Blicken geworden? Und selbst wenn sie schwul wären, was würde das
für eine Rolle spielen? Hast du etwa Angst vor ihnen? Das ist doch
nicht schlimm.«

»Du brauchst mich nicht nachzuäffen. Ich hab keine Angst vor ihnen.
Warum auch? Ich sag nur, dass sie schwul sind. Typische Schwule.«

»Ach, behalt doch deine dummen Sprüche für dich!«

»Was meinst du damit? Ich sag doch nur, dass es Schwule sind.«

Mikael lehnte sich im Rücksitz zurück. Inzwischen war es kühler
geworden – abgesehen vom Wortgefecht und der schlechten Stimmung auf den Vordersitzen.

»Darüber haben wir schon so oft gestritten.« Tina schrie nun fast.
»Ich kapier nicht, dass du das nicht verstehst. Es geht nicht darum,
was du sagst, sondern *wie* du es sagst. Es ist doch eigentlich ganz
einfach: Liebe ist *immer* besser als Hass. Unabhängig davon, wer wen
liebt. Oder nicht?«

»Aber du kap…«

Gerade als Robert zu seiner Verteidigung ansetzen wollte, sah Mikael eine Silhouette am Straßenrand und schrie – er hatte den Eindruck, es würde eine Ewigkeit dauern, bevor er die Worte heraus-
kamen. »Pass auf! Da ist jemand!«

Das Kreischen der Bremsen übertönte seinen Schrei. Es folgte ein
heftiger Schlag und ein hässliches, knirschendes Geräusch auf dem
Dach, bevor der Wagen im Graben landete.

Mikael hatte Angst, sich umzudrehen und durch das Heckfenster hinauszuschauen. Er tat es trotzdem. Aber der Wagen war ein Stück weit von der Straße abgekommen, und so sah er den Menschen nicht, den sie angefahren hatten.

»Wir müssen aus dem Wagen, schnell!«, rief Mikael und schaffte es, trotz des dichten Gebüschs die Tür aufzustoßen. Er zwängte sich durch den schmalen Spalt hinaus. Er hatte einen heftigen Schlag gegen den Stirn erhalten, fühlte sich aber ansonsten unverletzt, wenn auch ziemlich durchgeschüttelt. Hinter sich hörte er, wie Tina und Robert sich aus dem Auto befreiten. Auch sie schienen unverletzt. Aber er wartete nicht auf sie, sondern kletterte stattdessen hinauf auf die Straße.

Eine große braune Gitarrentasche lag am Straßenrand und mitten auf der Straße ein Rucksack. Auch der war braun. Was für eine hässliche Farbe, schoss es Mikael absurderweise durch den Kopf. Da hörte er aus dem gegenüberliegenden Straßengraben leises Stöhnen.

»Um Himmels Willen!«, flüsterte Mikael und lief hinüber. »Wenigstens lebt er noch. Was für ein Glück!«

V.

There is that in me
I do not know what it is but I know
it is in me.

Walt Whitman
»Song of Myself«

Es kam ihm unwirklich vor, im Wartesaal der Notaufnahme zu sitzen und auf den Bescheid der Ärzte zu warten. Wie in einem Traum. Oder in einem Albtraum.

Alles war so merkwürdig schnell gegangen. Robert brachte den Wagen ohne größere Schwierigkeiten wieder auf die Straße zurück. Tina legte die Gitarrentasche und den braunen Rucksack in den Kofferraum, während Mikael zu dem Angefahrenen hinüberlief. Es war ein Junge in seinem Alter, glücklicherweise schien er nicht verletzt zu sein. Er hielt seinen schmerzenden Fuß mit beiden Händen fest, aber beschwerte sich nicht, als Mikael zu ihm in den Graben kam. Aus einer Wunde in seinem linken Arm blutete es ziemlich heftig, und er hatte ein paar kleinere Schürfwunden auf der Stirn.

Mikael hockte sich neben ihn, ihm war ein wenig schwindlig und übel. Er legte dem anderen die Hand auf die Schulter und fragte ihn, wie es ihm ginge.

»Es geht schon. Nur der Fuß …« Der Fremde biss die Zähne aufeinander und führte den Satz nicht zu Ende.

Als er sich mit Mikaels Hilfe aufgerappelt hatte, endlich auf seinem unverletzten Fuß stand, den rechten Arm auf Mikaels Schultern abgestützt, blickte er um sich, als suche er etwas. Und erst als er fragte, was mit seiner Gitarre sei, bemerkte Mikael, dass der Junge mit dänischem Akzent sprach.

»Ich weiß es nicht«, antwortete Mikael. »Sie liegt schon im Kofferraum. Wir schauen sie uns später an. Erst müssen wir dich ins Krankenhaus bringen, das ist wichtiger. Wenn du dich auf mich stützt,
kannst du vielleicht zum Wagen gehen. Meinst du, das geht?«

»Klar. Es geht schon.«

Es dauerte eine Weile, ihn auf den Rücksitz zu verfrachten. Mikael
und Tina halfen.

Robert saß auf dem Fahrersitz. Er war ganz bleich, und seine Hände
zitterten. »Das war keine Absicht«, sagte er und hielt sich am Lenkrad
fest, um das Zittern unter Kontrolle zu bringen. »Ich hab ihn nicht
gesehen. Ich wollte das nicht.«

»Ist doch klar, dass du ihn nicht mit Absicht angefahren hast«,
tröstete ihn Tina, setzte sich neben ihn und streichelte seine Wange.
»Keiner macht dir einen Vorwurf. Soll ich lieber fahren?«

Robert schüttelte den Kopf. »Du hast doch nicht mal einen Füh-
rerschein.«

»Richtig, aber ich kann trotzdem fahren. Das weißt du. Soll ich?«

»Nee, es geht schon«, antwortete er leise und legte den ersten Gang
ein. »Es geht schon wieder. Ich zittere nicht mehr so sehr. Trotzdem
danke.«

»Ihr könnt jetzt zu ihm rein, wenn ihr wollt«, sagte die Kranken-
schwester und hielt die Tür auf.

Der Däne lag in einem großen hellen Raum auf einem Bett. Es
riecht immer ganz speziell in Krankensälen, dachte Mikael, unangenehm und irgendwie betäubend. An der Tür blieb er kurz stehen,
dachte an Risto, bis Tina ihn sanft in den Rücken knuffte und flüsterte: »Geh schon!«

Der verletzte Fuß war bandagiert, und auch die Wunde am Arm
war verarztet worden. Mikael zog einen Stuhl heran und setzte sich
neben das Bett.

Tina hatte sich bereits auf die Bettkante gesetzt. Sie begrüßte ihn
und lächelte bemüht. »Was hat der Arzt gesagt?«

»Dass es nicht so schlimm ist. Einer der Fußknochen ist angebrochen. Ich muss eine Weile mit Krücken oder einem Stock gehen. Ja, und am Arm habe ich ein paar kleine Verletzungen, und mein Ellenbogen tut ziemlich weh. Sonst geht es schon. Sie wollen, dass ich ein paar Tage hierbleibe. Zur Beobachtung.«

Mikael fühlte sich seltsam. Die Sekunden, als sie sich in voller Fahrt diesem Menschen genähert hatten, liefen vor seinem inneren Auge ab wie ein Film. Immer wieder, als würde es gerade noch einmal geschehen. Mikael konnte sich auch deutlich an das grässliche Geräusch auf dem Dach erinnern, kurz bevor sie mit dem Wagen im Graben landeten. Er glaubte, sich sogar an den Gesichtsausdruck des Jungen zu erinnern, in dem Augenblick, als sie ihn anfuhren. Überrascht anstatt voller Panik.

»Unglaublich, dass du das so gut überstanden hast«, sagte er. »Du hättest auch … es hätte auch schlimmer ausgehen können. Es ist … das ist fast nicht zu glauben. Als ich dieses furchtbare Geräusch auf dem Dach hörte …« Er brachte den Satz nicht zu Ende.

»Das war nicht ich«, warf der Junge ein. »Das Geräusch auf dem Dach, meine ich. Zumindest glaube ich das nicht. Vielleicht hast du den Aufprall von meiner Gitarre oder vom Rucksack gehört. Ich konnte mich mit einem Purzelbaum gerade noch in den Graben hechten. Es hat nur meinen Fuß erwischt. Aber … wart ihr nicht zu dritt?«

»Doch«, antwortete Tina. »Robert redet noch mit der Polizei. Er ist gefahren. Sie werden auch mit dir sprechen. Und mit uns.« Sie streckte ihm ihre Hand entgegen. »Ich heiße übrigens Tina. Und das ist mein Freund Mikael.«

»Ich heiße Theo.«

»Wo wolltest du hin, als wir … als wir dich anfuhren?«

Er zuckte mit den Schultern. »Keine Ahnung. Ich war oben auf dem Gipfel, wollte jetzt zu den Skåneleden runter. Ich hab Sommerferien und wandere schon seit drei Wochen hier rum. Ich wollte mich irgendwo unten am Meer einmieten.«

Die Tür ging auf. Robert kam mit zwei Uniformierten herein. Sie trugen Theos Gitarrentasche und Rucksack.

Robert war sichtlich betroffen. »Bitte entschuldige!« Er flüsterte das fast und nahm Theos Hand. »Alles ging so schnell. Ich hab ja versucht auszuweichen, aber es ging so schnell. Du musst mir verzeihen!«

Theo murmelte etwas, und betretene Stille legte sich über die Runde. Dann fragte Theo noch einmal, wie es um seine Gitarre bestellt war. Robert ließ seine Hand los, öffnete das Futteral und nahm sie heraus.

»Tut mir leid, aber sie ist hin. Der Rücken ist eingedellt«, sagte er und hielt sie so, dass alle sie sehen konnten. »Ich glaube nicht, dass man das reparieren kann.«

Theo streckte seine Hand nach ihr aus. Vorsichtig schlug er eine Saite an, und gleich darauf erschallte ein gequälter Ton. »Die Vorderseite ist auch kaputt«, murmelte er. »Man sieht es kaum, aber man spürt es.« Er hatte Tränen in den Augen.

»Wir müssen auch mit Ihnen sprechen«, sagte einer der Polizisten und wendete sich an Tina und Mikael. »Würden Sie uns bitte auf den Gang hinausbegleiten?«

Es war Abend. Mikael saß mit Erik und Elisabet im Wohnzimmer. Die schwarze Katze hatte sich zum wiederholten Male neben seinem Knie zusammengerollt. Ihr Schnurren übertrug sich auf seinen Körper und gab ihm ein warmes Gefühl der Geborgenheit. Es entspannte ihn und machte ihn schläfrig. Er hörte, wie Tina draußen auf dem Gang den Telefonhörer auflegte. Kurz darauf kam sie herein.

»Wie geht's Robert?«, fragte Elisabet.

»Besser. Er ist traurig, aber er scheint sich beruhigt zu haben«, antwortete Tina. »Er ist müde und will sich bald hinlegen. Obwohl es erst acht ist.«

»Das ist der Schock «, sagte Erik. »Der macht einen müde. Meiner Meinung nach hätte er auch im Krankenhaus bleiben sollen.«

Tina setzte sich und goss sich eine Tasse Kaffee aus der Thermoskanne ein. »Morgen geht es ihm bestimmt wieder besser. Und er ist nicht allein zu Hause.« Dann berührte sie Mikael am Arm. »Wie geht's dir, Micke?«

»Okay. Und dir?«

»Auch okay«, antwortete sie. »Aber ich kann nicht aufhören, an ihn zu denken. An Theo, meine ich. Wir müssen ihn morgen wieder besuchen, Mikael. Früh. Es muss stinklangweilig für ihn sein, in den Sommerferien im Krankenhaus zu liegen.«

»Wie lange wollen sie ihn dabehalten?«, fragte Elisabet. »Haben sie was gesagt?«

»Ich glaube, nicht so lang. Er hat ja keine schweren Verletzungen. Aber er wird wohl kaum weiterwandern können.«

Elisabet und Erik schauten einander an. Dann nickte Erik.

»Wenn er will, kann er bei uns wohnen, bis er wieder gesund ist«, sagte Elisabet. »Es sind ja Ferienzimmer frei. Obwohl es vielleicht sogar besser ist, wenn er bei uns hier unten schläft, dann muss er keine Treppen steigen. Falls er nicht gleich nach Kopenhagen zurückwill. Das könnt ihr ihm ausrichten. Gratis, natürlich. Und essen kann er bei uns auch. Wenn er das will. Und wenn ihr das wollt.«

VI.

Du bist der Nächste in meinem Zimmer.
Der Schatten in der Tür könnte deiner sein,
die Finger in des Fensters Staub ...

Michael Strunge
»Væbnet med vinger«

Theo hatte das Angebot dankend angenommen, und Robert war mit Tina losgefahren, um ihn aus dem Krankenhaus zu holen. Mikael, der sich unwohl gefühlt hatte, war nicht mitgefahren, um ihn abzuholen. Stattdessen hatte er sich nach dem Frühstück wieder in sein Zimmer zurückgezogen. Er hatte eine Weile im Bett gelegen und in dem Buch gelesen, das er sich von Erik ausgeliehen hatte, dann übermannte ihn die Müdigkeit, und er schlief ein.

Mikael war zu Hause in ihrer Wohnung in Stockholm und ging von Zimmer zu Zimmer. Beunruhigt rief er nach seiner Mutter, weil er sich mit ihr unterhalten wollte. Die Zimmer wirkten größer als sonst, und seine Stimme bekam ein Echo zwischen den plötzlich sehr hohen Wänden. Er konnte die Decke nicht mehr sehen, nur annehmen, dass sie sich noch irgendwo dort oben befand. Er war zu Hause, aber niemand beantwortete seine Rufe.

Dann kam er ins Wohnzimmer. Risto saß am Ende des Sofas. Er sah nicht auf, als Mikael das Zimmer betrat und ihn begrüßte, sondern schaute stattdessen weiterhin zum Fenster hinaus.

»Ist Mama nicht zu Hause?«

Risto schüttelte den Kopf. »Nein, Helena ist weggegangen. Sie hat es nicht ertragen, mich so zu sehen.«

Mikael wollte sich gerade zu seinem Vater setzen, als er entdeckte,
dass die Außenwand nicht mehr da war. Er schaute hinaus; vor seinen
Füßen gähnte ein tiefer Abgrund. Weit unten sah er das Meer und die
Wogen. Steile Felsen. Auf dem halben Weg nach unten schwebten große
weiße Vögel. Ihm war nicht schwindlig. Risto, der nun neben ihm stand,
legte ihm den Arm um die Schultern. Mikael schaute hinunter auf diese
gewaltigen Vögel. Sie zogen große Kreise. Entgegen dem Uhrzeigersinn,
stellte er fest. Und nahe an seinem Ohr hörte er Ristos Stimme. »Ich
glaube, dass ... Wenn man der Liebe entgegengeht, findet man Verge-
bung und Trost.«
   »Vergebung wofür?«
   Aber Mikael bekam keine Antwort auf seine Frage.

Nun war es früher Nachmittag. Mikael stand am offenen Fenster in
seinem Zimmer. Der tote Schmetterling blich mehr und mehr aus,
die dünnen Flügel wirkten nun noch zerbrechlicher. Er nahm sich
vor, beim Öffnen des Fensters daran zu denken und besonders acht-
sam zu sein, damit die Flügel des Schmetterlings nicht gänzlich aus-
einanderfielen.

   Er hob den Blick und schaute auf den Kastanienbaum und den
Pestfriedhof hinaus. Erik hatte erzählt, dass die Gräber aus dem Jahre 1711 stammten. Fast dreihundert Jahre waren sie alt. Eine Ewigkeit. Vielleicht suchte Isaac Newton zur exakt gleichen Zeit an einem
Strand in Südengland glatte Steine und schöne Muscheln, während
die Bauern hier in der Gegend Spaten ansetzten, um die Gräber für
die sechzehn Menschen auszuheben, die auf diesem Hof und in der
nahen Umgebung an der Pest verstorben waren, dachte er. Es ist so
seltsam, dass das Leben weitergeht, wenn jemand stirbt. Darüber hatte er sich schon direkt nach Ristos Tod gewundert; dass die Menschen
in seiner Umgebung weiterlebten, als wäre nichts geschehen, als wäre
die Welt immer noch dieselbe. Als wäre die Welt in Ordnung.

   Manchmal, wenn er Menschen begegnete, die bösartig oder auch
nur unsympathisch waren, alt oder gebrechlich, hatte er sich bei dem

Gedanken ertappt, dass doch besser einer von ihnen gestorben wäre anstatt seines Vaters. Das hätte ja nichts ausgemacht. Wochenlang dachte er so. Später dann erzählte er das mal seiner Mutter. Und sie lachte. Vielleicht zum ersten Mal nach Ristos Tod. Und sie umarmte ihn und küsste ihn auf die Wange.

»Es macht Papa nicht wieder lebendig, wenn wir einen anderen, mit dem wir uns nicht verstehen, den Tod wünschen.« Sie lachte erneut. »Aber ehrlich gesagt, ich hab mir das auch schon gewünscht. Viele Male habe ich in Gedanken Menschen umgebracht.« Es war ein kurzer Moment des Glücks für seine Mutter, denn es verging eine lange Zeit, bis er sie wieder einmal lachen hörte.

Ein Motorengeräusch schreckte ihn aus seinen Gedanken. Er sah Roberts Wagen in den schmalen Kiesweg einbiegen, der die Landstraße mit dem Hof verband. Es war sonnig und warm. Die glühenden Sonnenstrahlen trafen den über den holprigen Weg schaukelnden Volvo, und immer wieder blitzten die verchromten Fahrzeugteile auf. In den Lichtreflexen war eine solche Intensität und Regelmäßigkeit, dass man sie für Morsezeichen hätte halten können. Mikael schmunzelte bei dem Gedanken. Dem Wagen, der erst vor einigen Tagen Schaden und Unglück in die Welt gebracht hatte, kam plötzlich die Rolle eines Lichtträgers zu.

Mikael konnte Tinas und Roberts Gesichter hinter der Windschutzscheibe ausmachen, und genau in dem Moment des Abbiegens entdeckte er Theo auf dem Rücksitz. Einen Bruchteil einer Sekunde lang trafen sich ihre Blicke, dann verschwand der Wagen aus seinem Blickfeld. Mikael schlüpfte in seine Turnschuhe und lief hinunter, um die drei in Empfang zu nehmen.

Sie waren schon ausgestiegen, als Mikael unten ankam. Theo stützte sich auf zwei Aluminiumkrücken. Er schaute sich um, und Mikael hörte, dass er Tina etwas fragte, nur verstand er nicht, was. Sie antwortete und zeigte auf das Wohnhaus. Robert öffnete den Kofferraum und holte den Rucksack und die Tasche mit dem kaputten Instrument heraus.

Dann erst sahen sie Mikael.

»Hallo! Wie geht's? Besser?«, fragte Tina.

Er nickte und fing Theos Blick ein. Der Däne war größer als in seiner Erinnerung. Mikael streckte die Hand nach ihm aus. »Hallo! Du bist bestimmt froh, dem Krankenhaus zu entkommen, was?«

Theo schüttelte die hingehaltene Hand. »Ja«, sagte er und seine Augen blitzten. »Das kannst du annehmen.«

Mikael ließ seine Hand los. Plötzlich fühlte er sich stumm und leer. Dieser lächelnde Mensch war so ganz anders als der verletzte Junge im Graben. Er wirkte wie ein ganz anderer. Nur das Lächeln war irgendwie ähnlich. Es erinnerte ihn auf verblüffende Weise an einen anderen Jungen, einen Jungen, mit dem er zur Schule gegangen war.

Mikael schaute Tina an. Sie lächelte ihn an. Dann wendete sie sich an Theo. »Komm mit, ich zeig dir dein Zimmer! Du kriegst das, in dem Mikael als Kind immer geschlafen hat. Das wird dir gefallen.«

Nach dem Abendessen trugen sie Kaffee und Tassen hinaus in den Obstgarten.

Robert stellte das Tablett auf den weiß bemalten Holztisch. »Ich muss noch schnell was holen.«

»Was fehlt denn noch?«

Er lächelte verschmitzt. »Das werdet ihr gleich sehen.«

Mikael schenkte Kaffee ein und setzte sich auf einen der Stühle. Er betrachtete Theo, während er in seiner Tasse herumrührte.

»Was denn? Warum schaust du mich so an?«

»Oh … entschuldige. Ich, wollte … es ist so unglaublich, dass du hier sitzt. Mit uns und halbwegs heil. Ich hatte eine Heidenangst, als ich nach dem Unfall zu dir gelaufen bin. Du hättest ja schwer verletzt sein können. Du hättest sogar …«

»Tot sein können?«, unterbrach Theo und nickte langsam. »Ja, wir hatten ganz schön Glück im Unglück.«

»Und jetzt sitzen wir hier zusammen«, setzte Mikael fort. »Das ist wirklich unglaublich.«

Über Theos Schulter hinweg sah er Robert aus dem Haus schleichen. Er bewegte sich ganz leise und schaffte es so, nahe an ihn heranzutreten, ohne dass der etwas davon bemerkte. »Bitte schön!«

Theo erschrak. Dann sah er die Gitarre. Sein Gesichtsausdruck änderte sich umgehend von Schrecken zu Freude. Dann wirkte er plötzlich fast traurig; einen Bruchteil einer Sekunde lang glaubte Mikael, dass Theo gleich in Tränen ausbrechen würde. Aber schon gleich kam das Lächeln zurück. Und alles mit nur einem Wimpernschlag.

Theo nahm die Gitarre am Hals.

»Ist die für mich? Meinst du das ernst?«

Robert nickte eifrig. »Ja klar. Ich weiß nicht, ob sie genauso gut ist wie deine alte. Zumindest hat sie auch Nylonsaiten. Im Laden haben sie jedenfalls behauptet, dass es eine gute Gitarre ist. Und ich finde, dass sie gut klingt. Sie ist nur leider gebraucht.«

»Das macht doch nichts.« Theo schlug die Saiten an. Das Instrument war nicht gestimmt, deshalb schraubte er sogleich konzentriert an den Wirbeln herum.

Robert setzte sich. Er wirkte ein wenig beunruhigt.

Bald war die Gitarre gestimmt, und Theo begann zu spielen; die Finger bewegten sich weich und flink über die Saiten. Mikael erkannte die Melodie sofort. Theo beugte sich dabei über die Gitarre, als würde er versuchen, mit dem Instrument zu verschmelzen. Es klang mächtig gut. Und sein Spiel schien so leicht.

Erst als er zu Ende gespielt hatte, schaute Theo wieder auf. Und wieder blitzten seine Augen. »Die ist … die ist großartig.« Er flüsterte das; es klang fast andächtig. »Ich finde, sie klingt besser als meine alte.«

Robert entspannte sich. »Schön. Ich hatte schon Angst, du könntest enttäuscht sein.«

»Enttäuscht? Auf keinen Fall. Das ist ein echt edles Instrument. Willst du mir die wirklich schenken?«

Robert nickte still. Sein Lächeln war ebenso breit wie das von Theo.

»Danke! Das ist fantastisch.« Und nun sah Mikael eine Träne in Theos Augen. »Ich freue mich wirklich. Die muss ganz schön teuer gewesen sein.«

Robert schüttelte den Kopf. »Nicht besonders. Wie gesagt, sie ist gebraucht. Ist auch egal, was sie gekostet hat. Ich ... ich bin ja noch billig weggekommen.« Dann verstummte er.

Tina streckte eine Hand aus und streichelte ihm über die Wange.

Mikael brach die betretene Stille. »Was hast du da gerade gespielt? Ich kenne es, aber mir fällt der Titel nicht ein.«

»Das war Bach. Ein Stück, das er eigentlich für ein Cello geschrieben hat. So kennst du es vielleicht. Das Präludium aus der zweiten Cello-Suite. Eben nur eine Transkription davon für Gitarre. Das habe ich erst vor Kurzem gelernt.«

»Es klingt wirklich gut«, sagte Tina. »Du spielst bestimmt schon lange.«

Er nickte. »Ja, ich spiele verschiedene Instrumente, schon als ich noch klein gewesen bin. Hauptsächlich Klavier und Gitarre. Im Moment studiere ich an der Musikhochschule Sankt Annæs in Kopenhagen. Na ja, gerade habe ich Ferien, aber sonst eben. Im Herbst komme ich ins dritte Semester. Leider kann ich im Moment nicht so gut spielen. Meine Finger sind ein bisschen steif, und mir tut der Ellenbogen immer noch weh.«

»Kannst du nicht noch was anderes spielen?«, bat Mikael.

»Natürlich. Aber sollen wir nicht zuerst das Eis essen, bevor es schmilzt?«

Mikael lachte. »Doch, klar.«

An dem Abend gab es einen fantastischen Sonnenuntergang; die dunklen Wetterwolken über dem Meer wirkten in dem dramatischen Licht geradezu bedrohlich. Tina, Mikael und Theo betrachteten das Schauspiel vom Obstgarten aus. Robert war bereits heimgefahren. Er musste am nächsten Morgen früh raus und wollte daher zeitig zu Bett.

Tina und Mikael saßen auf ihrem Stammplatz auf der Mauer, und Theo, der aufgrund seiner Verletzung nicht neben ihnen sitzen konnte, saß in einem der Gartenstühle gleich daneben.

»Robert hat sich ganz schön Sorgen um dich gemacht«, sagte Tina. »Ich hab ihn noch nie so gesehen. Er hat sich echt schuldig gefühlt. Deswegen hat er die Gitarre gekauft. Um seine Schuld ein wenig gutzumachen.«

»Ja, das ist mir schon klar«, antwortete Theo langsam. »Dabei war es eigentlich genauso meine Schuld. Ich hätte ja nicht mitten auf der Straße laufen müssen. Noch dazu in einer unübersichtlichen Kurve. Es war wirklich dumm von mir.«

»Ja, vielleicht. Aber es ist doch viel schlimmer, wenn ein Autofahrer nicht aufpasst, als wenn das einem Fußgänger passiert. Das Schadensrisiko ist schließlich um ein Vielfaches höher. Jedenfalls gut, dass du mit der Gitarre zufrieden bist. Dann kann Robert wieder besser schlafen.«

Mikael stand auf, hielt sich an einem Apfelbaum fest und schaute auf das Meer und die dunklen Wolken hinaus.

»Sieht so aus, als käme das geradewegs auf uns zu«, sagte er. »Ich glaube, dass es donnern wird. Und zwar heftig.«

Er wurde von einem Ruf unterbrochen. Es war Elisabet. »Micke! Helena ist am Telefon. Willst du mit ihr sprechen?«

Fast hätte er ihre Stimme nicht erkannt. Es lag daran, dass sie so gut gelaunt klang; das hatte er nicht erwartet.

»Wie geht's dir, Mama?«

»Gut. Ich habe richtig Spaß bei meiner Arbeit im Krankenhaus. Nette Kollegen und nicht zu viel zu tun. Nur ab und zu Spätschicht. Aber wie geht's dir? Gefällt es dir auf dem Land?«

Mikael war immer noch überrascht. »Gut. Ich fühle mich sehr wohl.« Er machte eine Pause, und gerade als er wieder ansetzen wollte, sprudelte auch Helena los.

»Haha«, lachte sie. »Erst reden wir gar nicht, dann beide gleichzeitig. Was wolltest du sagen?«

»Och, nichts Bestimmtes. Ich wollte nur fragen, ob etwas passiert ist. Du klingst … du klingst so gut gelaunt.«

Sie zögerte einen Augenblick mit der Antwort.

»Ja, ich bin im Moment wirklich ganz glücklich. Aber aus keinem besonderen Grund. Einfach nur so. Wie geht es dir? Ich meine …«

»Jeden Tag anders. Es wechselt eigentlich stündlich. Ich habe von ihm geträumt.« Dann erzählte er ihr ein wenig von seinen Träumen.

»Ja, ich habe auch von ihm geträumt. Eine ganze Menge. Seltsam schöne und … friedliche Träume, obwohl mir dabei immer klar war, dass er weg ist. Manche Träume waren ein richtiger Trost. Es ist schon seltsam, wie viel Kraft wir haben. Findest du nicht? Selbst wenn wir schwach sind.«

»Hm, ja. Das ist seltsam.«

Es entstand eine lange Pause im Gespräch. Das Rauschen und das Echo ferner Stimmen schien lauter zu werden. Mikael drückte sich den Hörer noch fester ans Ohr in der Hoffnung, wenigstens ihren Atem hören zu können.

»Bist du noch da?«

»Ja.«

Er wollte sie fragen, ob sie sich einsam fühlt, aber brauchte zu lange, um eine Formulierung zu finden, die nicht pathetisch klang. Da kam sie ihm zuvor. »Es ist Zeit, dass ich ins Bett komme. Ich muss morgen wieder früh raus. Aber ich ruf dich bald wieder an. Gute Nacht, Micke. Schlaf gut, mein Kleiner.«

»Gute Nacht, Mama. Schlaf gut.«

Er öffnete die Haustür und stellte sich unter das kleine Vordach. Es schüttete. Schwere, dicke Tropfen. In der Ferne hörte er den Donner grollen. Die Sonne war verschwunden, und Tina und Theo saßen nicht mehr an der Mauer.

Er lehnte sich gegen die Wand und schloss die Augen. Es roch so gut nach Regen. Er hatte immer noch seine Mutter im Kopf, sie und Risto. Nun konnte er sich ihre Gesichter deutlich vorstellen. Das

Gesicht seiner Mutter trug Spuren von den Sorgen, die sie plagten. Trotzdem lächelte sie ihn an. Seins war wie immer, lächelnd und auf eine Weise neugierig, als wäre er noch immer jung. Und lebendig.

Er lächelte in sich hinein, weil er sich an etwas erinnerte, das Helena gerade mal eines halbes Jahr zuvor zu Risto gesagt hatte. Sie waren auf dem Weg zu einem Fest, es muss um Neujahr herum gewesen sein. Helena hatte lange vor dem Badezimmerspiegel gestanden, und als sie auf den Gang hinaustrat und Risto sah, blieb sie plötzlich stehen. Mikael stand in der Tür zu seinem Zimmer; er und Risto schauten sie fragend an.

»Was ist?«

»Wenn ich fertig bin, sehe ich aus wie eine Dame«, erklärte sie. »Aber du siehst immer aus wie ein junger Bursche. Sie werden mich für deine Mutter halten. Bestenfalls.«

Und Mikael und Risto lachten. Helena versuchte, finster dreinzublicken, konnte sich aber nicht zurückhalten. »Okay. Vielleicht habe ich ein wenig übertrieben, aber was ich gesagt habe, stimmt. Du siehst immer noch aus wie ein junger Mann, Risto, während an mir der Zahn der Zeit genagt hat. Das finde ich ungerecht.«

Risto legte seinen Arm um ihre Taille und küsste sie auf die Wange. »Das stimmt nicht wirklich. Und überhaupt sehe ich in ein paar Jahren vielleicht wie ein Hundertjähriger aus, während du immer noch eine wunderhübsche Frau bist.« Er schaute auf die Uhr, und warf ihr dann einen skeptischen Blick zu. »Wir müssen los. Wünschen Frau Großmutter den Aufzug zu nehmen, oder reicht die Kraft heute für …«

Sie boxte ihm in den Arm. Danach jagte sie ihn lachend die Treppe hinunter.

Ein Donnerknall unterbrach seine Gedanken. Nun schüttete es richtig.

Mikael nahm Anlauf, dann rannte er so schnell er konnte durch den Garten auf das Nebengebäude zu. Bis er in sein Zimmer kam, war er klatschnass. Er schaltete das Licht an und stellte sich ans Fenster. Ein

Blitz erhellte einen Teil des Bergkamms, und für einen Augenblick konnte er die Kastanie und den Friedhof deutlich erkennen. Dann schloss er das Fenster und entdeckte, dass der Birkenspanner einen Flügel verloren hatte. Er war abgefallen und stand nun Hochkant an die vertrocknete Schmetterlingsleiche gelehnt.

»Ist das meine Schuld?«, murmelte er und beugte sich hinunter.

Der schwere Regen schlug so hart gegen das Fenster, dass es bebte und den Schmetterling zucken ließ, als wäre er zu neuem Leben erwacht. Als würde er versuchen, aufzustehen und sich aus seinem Gefängnis zu befreien. Seinem gläsernen Grab. Und da hörte er plötzlich Ristos Stimme. Deutlich und klar, als befände er sich im Zimmer:

»Es dunkelte plötzlich wie von einem Sturzregen.
Ich stand in einem Raum, der sich jeden Augenblick füllte –
ein Schmetterlingsmuseum.«

VII.

Die Lebenden tun uns oft weh.
Die Toten fügen uns keinen Schaden zu.

Gunnar Ekelöf
»Strountes«

Mikael lag bäuchlings auf einem der äußersten Klippenvorsprünge. Er schaute zu, wie Theo hinkend auf eine höhere Steinpartie direkt am Wasser kletterte und von dort noch einen höher liegenden Felsen erklomm, um dann ziemlich ungeschickt einen erstklassigen Sprung ins Meer zu wagen. Es spritzte kaum, als der braun gebrannte Körper, die Wasseroberfläche durchschnitt.

Tina applaudierte und rief: »Bravo!«

Mikael erinnerte sich an die Zeit, als sie klein waren. Tina war schon immer sehr begabt darin gewesen, elegant ins Wasser zu springen, während Mikael nie über hässliche Bauchklatscher hinauskam. Das hat sich bis heute nicht geändert, dachte er.

Theo zog sich aus dem Wasser.

»Okay«, sagte Tina und kletterte auf den hohen Stein. »Das war nicht schlecht. Aber kannst du das?«

Wie in einem Werbefilm, dachte Mikael. Beide Körper waren ähnlich intensiv gebräunt, und es schien, als hätte ihr Lächeln vor allem – vielleicht sogar nur – die Aufgabe, schön zu sein. Von den Sprüngen ganz zu schweigen. Und den Körpern sowieso. Das perfekte Bild wurde nur durch Theos Humpeln gebrochen.

Tina tauchte wieder auf. Ihre Wimpern waren nass und dunkel, fast wie geschminkt. »Und? Was sagst du jetzt?«

Theo tat so, als wäre er enttäuscht. »Oah. Für diesen Sprung bekommst du leider nur drei Punkte. Der Einschlag war nicht besonders hübsch. Es hat ziemlich geplatscht.«

»Wie bitte?«

»Ja, hatte was von einem Nilpferd.«

»Pass bloß auf, damit du nicht gleich einen richtigen Einschlag zu spüren bekommst.«

Theo lachte laut auf, dann rief er Mikael zu: »Willst du uns nicht vorführen, was für ein Sprungmeister du bist?«

Tina kam an Land und ging zu ihm. Lächelnd. Mikael schüttelte den Kopf.

»Warum nicht?«, beharrte Theo und setzte sich auf den großen Stein neben ihm.

»Ganz einfach: Ich kann nicht mit euch mithalten. Selbst wenn ich es versuchen würde, würde ich noch weniger Punkte kriegen, als wenn ich bewusstlos ins Wasser plumpste. Ich kann es nicht. Ich konnte das nie. So einfach ist das.«

Tina trocknete sich das Haar. »Stimmt«, bestätigte sie. »Als wir noch klein waren, hatten alle immer hochrote Schultern von der Sonne. Nur Micke nicht. Er hatte immer einen roten Bauch von all den Bauchplatschern.«

Er versuchte, mit dem Handtuch nach ihr zu schlagen, aber sie war schneller und wich ihm lachend aus.«

»Aber irgendwas musst du doch beherrschen«, sagte Theo mehr oder weniger aus Spaß. »Oder etwa nicht?«

Mikael zuckte mit den Schultern. »Nee, glaub nicht. Ich bin in gar nichts gut.«

Tina lachte. »Du bist ein leidenschaftlicher Liebhaber. Ist das etwa nichts?«

»Wie bitte?« Theo schaute sie überrascht an.

Mikael lachte herzlich. Er hatte die Geschichte, auf die sie anspielte, längst vergessen.

»Erzähl!«

»Einen Sommer, als wir noch klein waren«, begann Tina, »ich war vielleicht zehn und Micke sieben. Wir haben uns im Obstgarten ein Baumhaus gebaut. Aus Brettern und Spanplatten und mit einem Stück Plane als Dach, wenn ich mich recht erinnere. Und da haben wir einmal gespielt, dass wir heiraten würden. Im Baumhaus. Ich war Priester und Braut zugleich. Hielt ein Psalmbuch. Und genau in dem Augenblick, als ich Micke fragte, ob er mich in guten wie in schlechten Tagen lieben würde, rief Helena nach uns.«

»Helena?«

»Ja, das ist Mickes Mama. Sie hörte nicht, dass wir im Baumhaus waren, obwohl wir ihr geantwortet hatten. So hat sie noch mal gerufen: ›Wo seid ihr?‹ Und da antwortete Micke: ›Wir sind im Baumhaus und machen Liebe.‹ Erinnerst du dich daran, Micke? Helena kam natürlich gleich angelaufen. Aber sie lachte nur. Und unsere beiden Väter nannten dich dann einige Wochen lang den jugendlichen Liebhaber. Kannst du dich daran nicht erinnern?«

»Doch, doch. Das werde ich nie vergessen. Es war echt peinlich.«

Theo lächelte. »Wenn du mit sieben oder acht schon ein jugendlicher Liebhaber warst, was musst du dann heute sein?«

»Keine Ahnung. Vielleicht ein alternder. Oder gar keiner. In dieser Hinsicht habe ich keine großen Fortschritte gemacht. Leider. Vielleicht sollten wir noch einmal ein Baumhaus bauen. Jetzt, wo Mutter nicht hier ist, um herumzuschnüffeln.«

»Was meinst du, wie dich dein Vater heute nennen würde? Wenn du noch einmal ein Baumhaus bauen würdest?«

»Das weiß ich nicht.«

Theo sah den Schatten, der mit einem Mal über Mikaels Gesicht aufzog. Und er verstand nicht, warum. Fragend schaute er Tina an. Mikael stand auf. »Ich geh ein wenig schwimmen«, sagte er. »Mir ist zu warm.«

Obwohl die Wellen ziemlich hoch waren, und er es nicht mochte, wenn sie über seinem Kopf zusammenschlugen, schwamm Mikael weit hinaus. Ein Schwarm Kormorane flog direkt über seinen Kopf hinweg. Er drehte um und paddelte im Wasser. Es war beeindruckend, die Klippen vom Wasser aus zu betrachten, und er bekam plötzlich das Gefühl, dass er zu ihnen hingezogen wurde, dass er angesaugt wurde von den spitzen, bedrohlichen Felsen. Vielleicht brachen sie immer wieder ab, bevor das Meer eine Chance bekam, sie richtig glatt zu schleifen. Daher die scharfen Kanten und Spitzen.

Er sah Tina. Sie stand auf einem Felsen und spähte aufs Meer hinaus. Nach ihm? Er winkte ihr, und sie winkte zurück. Er wollte Theo nichts von Risto erzählen, nicht hier, nicht jetzt. Mikael nahm an, dass Tina es tun würde, wenn er sie mit ihm alleine ließ. Und das war gut so. Es löste immer noch eine Art Schock aus, über Risto und seinen Tod sprechen zu müssen, vor allem, wenn man sich gerade gut unterhielt, wenn es lustig war. Theos Frage hatte Mikael so überrascht, dass er auf die Schnelle nicht hatte umschalten können.

Bestimmt war das nur ein Übergangsstadium. Die Trauer und der Schock würden nachlassen. Trotzdem war es manchmal einfacher, sich zurückziehen und für sich zu sein, anstatt sein Inneres immer nach außen kehren zu müssen, unabhängig davon, wie viel Anteil der andere auch nehmen mochte.

Mikael sah wieder zu den Klippen hinauf. Oben auf der Heide unterhalb der Brombeersträucher gingen zwei Menschen. Sie stellten sich an eine Klippe und schauten hinunter. Sie wirkten sehr klein dort oben. Dann winkte der eine zum Strand hinunter. Mikael konnte sehen, dass Tina zurückwinkte. Es mussten Petr und Joakim sein, dachte Mikael, und begann, Richtung Land zu schwimmen.

Mikael freute sich über das unverhoffte Wiedersehen mit Petr und Joakim. Sie legten sich alle zum Sonnen auf den Felsen. Petr hatte ein seltsames Mal von einer Verbrennung auf seinem Körper. Die Narbe reichte von seiner linken Hüfte über den ganzen Brustkorb, bis fast hin zu seiner rechten Brustwarze und sah aus wie ein riesiger

Handabdruck. Mikael war davon völlig fasziniert. Er fand die Narbe geradezu schön.

Am späten Nachmittag, nachdem sie sich ausgiebig gesonnt und unterhalten hatten, fühlte sich Mikael hungrig.

»Nur noch einmal reinspringen, bevor wir nach Hause radeln«, bat Tina.

»Okay. Spring rein, aber ich bleib hier.«

Petr und Joakim taten so, als würden sie sich beeilen, ins Wasser zu kommen.

Tina stand auf und lief ihnen hinterher.

»Hey, das ist unfair. Nicht kitzeln!«, brach Joakim heraus, kurz bevor er das Gleichgewicht verlor und zusammen mit Petr ins Wasser platschte. Tina rief etwas und sprang hinterher.

Theo blieb auf dem Felsvorsprung sitzen. Sobald die anderen aufgehört hatten rumzukrakelen, sagte er: »Es tut mir leid, dass du deinen Vater verloren hast. Tina hat mir alles erzählt.«

»Danke«, murmelte Mikael. Er schaute zu Tina und den beiden anderen hinunter. Sie schwammen um die Wette zu einer kleinen Schäre. Joakim war eine Körperlänge in Führung. Mikael sah zu Theo hinüber. Ihre Blicke begegneten einander einen kurzen Augenblick lang. Mikael lächelte hastig, dann schaute er weg. »Es geht schon.«

Die anderen kamen aus dem Wasser. Joakim hielt seine Arme in Siegerpose nach oben, bevor er sich setzte. Petr stellte sich hinter ihn und legte ihm die Hände auf die Schultern.

»Du schwimmst wie ein Weltmeister. Ich finde ja, dass es bei diesem Wellengang scheißschwer ist.«

»Das ist doch noch gar nichts«, rief Tina und schlug sich in das Badelaken ein. »Die Wellen können hier einige Meter hoch schlagen.«

»Ja, ja, aber da wird wohl kaum einer baden. Geschweige denn schwimmen. Nicht mal du.«

»Schon klar.« Sie setzte sich dicht an Mikael heran. Er fühlte ihre Schenkel an seinen. Ihr immer noch nasser Körper war kalt.

»Ist es jemals still hier?«, fragte Petr.

»Nicht, wenn Tina dabei ist«, antwortete Mikael.

Sie lachte und knuffte ihn. Dann wendete sie sich an Petr. »Das kommt schon vor. Ich erinnere mich an einmal vor einigen Jahren«, erzählte sie. »Ich war vielleicht zwölf. Es war noch am Anfang vom Sommer und das Wasser kalt, und ich kam mit einer Freundin her zum Sonnen. Es war nicht gerade still, als wir gekommen sind, aber auch nicht besonders wild. Und weil es warm war, sind wir ziemlich schnell eingeschlafen. Als Anna und ich aufgewacht sind, war das Wasser spiegelglatt. Wir lagen da hinten, an dem Felsen da. Ganz nah am Wasser. Und es war so unheimlich. Ich bin von der Stille aufgewacht.«

»Unheimlich? Warum das denn?«

»Ich weiß nicht. Es fühlte sich unwirklich an. Man sollte etwas hören hier. Das gehört dazu. Man ist am Meer. Aber als das Wasser dann völlig still war und sich ohne das leiseste Kräuseln hob und senkte, fühlte sich das total unwirklich an. Als würde gleich etwas Schreckliches passieren. Oder als wäre gerade etwas Schreckliches geschehen. Ein Atomkrieg oder so was. Als wären alle tot und nur Anna und ich übrig.«

»Fand sie das auch gespenstisch?«, fragte Theo.

»Ja, klar. Es war wirklich unheimlich. Das Wasser war ganz klar, sodass man bis auf den Grund schauen konnte, obwohl das da hinten bestimmt vier, fünf Meter sind. Da unten sind sogar die Steine spitz; wir konnten alles sehen, so klar war es. Es fühlte sich an, als hätten wir an einem Abgrund geschlafen. Es fühlte sich … bedrohlich an.«

»Was habt ihr gemacht?«

»Wir haben unsere Sachen zusammengepackt und sind nach oben auf die Heide umgezogen. Dort hat es sich ein wenig besser angefühlt, aber auch nicht wirklich gut. Dann sind wir nach Hause geradelt.« Tina lachte. »Ich hatte schon Albträume von diesem unnatürlich ruhigen Meer.«

»Das verstehe ich«, sagte Petr. »Ich fand Stille, wenn sie so deutlich spürbar ist, immer schon beängstigend. Das kann sich so unlebendig und unheimlich anhören.« Er machte eine Pause. »Mir geht es bei einem heftigen Donnerwetter oder an einem stürmischen Meer besser als bei Windstille an einem lauwarmen Binnensee.«

Obwohl sie den einfachsten Weg über die Heide zum Parkplatz ausgesucht hatten, war es für Theo beschwerlich voranzukommen. Dem Fuß an sich ging es besser, aber er musste immer noch mit Krücken gehen. Zum Strand hatte er nur eine mitgenommen. Die Treppe zog sich steil nach oben. Mit seinem freien Arm stützte er sich auf Mikael. Tina und die beiden anderen gingen voran. Mikael bekam Bruchstücke ihrer Unterhaltung mit. Sie sprachen übers Klettern.

»Was hast du heute Abend vor?«, fragte Theo Mikael.

»Ich weiß nicht. Tina und Robert werden wohl ins Kino nach Ängelholm fahren. Aber ich glaube nicht, dass ich mitfahre. Warum?«

»Ich dachte … wenn du Lust hast, würde ich dir ein paar von meinen Kompositionen vorspielen. Ich habe mich an die neue Gitarre gewöhnt. Unter anderem ein Stück, an dem ich seit Wochen arbeite. Es ist endlich fertig. Glaube ich.«

»Ja, gerne. Eigentlich könntest du mir beibringen, wie man spielt. Als ich klein war, habe ich Klavier gespielt. In der Grundschule. Gitarre kann ich noch nicht. Nur ein paar Akkorde. Aber ich würde es gerne lernen.«

Die anderen warteten schon bei den Rädern, als Theo und Mikael ankamen. Tina lächelte und zeigte mit dem Daumen nach oben.

»Was ist?«, fragte Mikael und stellte die Tasche vor sich ab.

»Petr und Joakim nehmen mich morgen mit zum Klettern.« Tina strahlte. »Hier an den Klippen. Das wird spannend.«

»Traust du dir das wirklich zu?«

»Klar tu ich das. Ich denke an nichts anderes, seit wir sie zum ersten Mal gesehen haben.«

Mikael schüttelte den Kopf. »Du bist doch verrückt, Tina.«

»Ja, vielleicht. Übrigens, erzähl das bloß meinen Eltern nicht.«

»Das haben sie bestimmt schon lange mitgekriegt«, scherzte Mikael. »Du bist schließlich schon zweiundzwanzig.«

Mikael konnte ihrer Hand gerade noch ausweichen.

VIII.

Long afloat on shipless oceans
I did all my best to smile
'til your singing eyes and fingers
drew me loving to your isle

Tim Buckley
»Song to the Siren«

Theo saß mit dem eiförmigen Stein in der Hand am Schreibtisch in Mikaels Zimmer. Auf dem Tisch vor ihm lag der graue Stein mit den merkwürdigen roten Adern. Mikael saß zurückgelehnt im Bett mit Theos Gitarre im Arm.

»Als ich klein war, habe ich Bernstein gesammelt«, erzählte Theo. »Meine Tante hatte eine Stuga auf Sjællands Odde. Sie ist eine Spezialistin in Sachen Bernstein. Als Kind war ich oft bei ihr. Besonders nach Herbststürmen sind wir an die Strände gegangen. Sie weiß genau, welcher Wind der beste ist. Dann haben wir im Tang gesucht, den der Sturm an den Strand gespült hat. Drehten ihn herum und suchten in ihm und darunter nach Bernsteinen. Manchmal fanden wir nur wenige, aber oft kamen wir mit jeder Menge Steine in verschiedenen Größen und Farbnuancen nach Hause. Ich legte meine in eine Blechkiste, in der mal Kuchen gewesen ist. Da war ein Bild von einem Schloss auf dem Deckel. Und meine Tante schleifte ihre Steine zu Schmuck. Danach verkaufte sie ihn an eine Boutique in Kopenhagen.«

»Macht sie das noch immer?«

»Na ja, sie wird langsam alt und sieht nicht mehr so gut, deswegen ist es schwer für sie, Schmuck zu machen. Aber sie sammelt die Bernsteine immer noch und verkauft sie dann an andere Künstler.«

Mikael zupfte gedankenverloren an den Saiten, während er Theo zuhörte. Er fühlte sich ein wenig müde. »Erzähl noch ein wenig. Es ist so schön, bloß dazusitzen und zuzuhören.«

»Den schönsten Bernstein, den ich je gefunden habe, habe ich immer noch. Er ist gelb. Glitzernd gelb. Und seltsamerweise ist er in Feuerstein eingefasst. Der umschließt ihn genauso wie Gold eine Perle oder einen Edelstein in einem Schmuckstück. Es ist wirklich seltsam.« Er machte eine Pause. »Wir haben auch Fossilien gefunden. An dem Strand, an dem wir immer Bernsteine gesucht haben, aber auch an einem anderen steinigeren Strand. Hauptsächlich haben wir versteinerte Korallen oder auch Gewächse gefunden, die wie Pilze ausgesehen haben. Einmal hab ich ein sehr großes Fossil gefunden, von dem ich glaube, dass es ein Stück vom Panzer einer Schildkröte ist. Man kann deutlich das Netzmuster erkennen, und die eingerahmten Teile liegen ein wenig tiefer.«

»Ist das möglich? Ich hab noch nie von einem Schildkrötenpanzerfossil gehört.«

»Das ist nicht so ungewöhnlich. In Deutschland hat man ganz viel davon gefunden, hat mir jemand erzählt. In Dänemark und Schweden hört man nicht so oft davon. Es passiert ziemlich selten.«

Er legte den Eierstein aus der Hand, stand auf und ging ans Bett.

Mikael nahm ein Bein zur Seite, sodass Theo sich zu ihm setzen konnte. »Jetzt kannst du was für mich spielen«, bat er und reichte ihm die Gitarre.

Theo stopfte sich ein Kissen hinter den Rücken, dann strich er mit den Fingern über die Saiten und zog die Wirbel ein wenig nach, um sie zu stimmen. Mikael hörte keinen Unterschied. Nach einer Weile räusperte sich Theo, als hätte er vor zu singen.

»Das ist eine Mazurka von Francisco Tárrega. Sie heißt Marieta.«

Mikael schloss die Augen, und die weichen Klänge der Gitarre ließen ihn noch mehr entspannen. Das Stück gefiel ihm. Langsame, helle Harmonien am Anfang, dann etwas eiligere, vielleicht auch ein wenig tiefere, bevor die Melodie zu den Eingangstönen zurückfand.

Er lächelte, als er das scharrende Nebengeräusch hörte, das entstand, wenn sich Theos Finger eilig über den Gitarrenhals bewegten.

Als die letzten Töne verklungen waren, konnte Mikael sich weder dazu bringen, etwas zu sagen, noch die Augen zu öffnen. Das Fenster stand weit offen, und die Geräusche des Sommerabends strömten herein: Lieder einzelner Vögel, das Surren von entfernten Wagen und dieses warme, aber schwer definierbare Säuseln, das an einem Abend wie diesem immerzu anwesend ist. Vielleicht vom Wind, der in den Baumkronen spielt, vielleicht auch vom weit entfernten Meer.

Er fühlte ein zaghaftes Streicheln an seiner Wange. Als hätte sich eine Spinnwebe auf sie gelegt.

»Schläfst du?«

Mikael öffnete die Augen und streckte sich; Theo zog schnell seine Hand zurück.

»Nein, nein. Ich bin zwar ganz schön müde, aber ich will noch nicht schlafen. Du kannst gerne noch was spielen.«

Die ersten Töne erinnerten ihn an ein Stück, das er schon mal gehört hatte, aber dann, nach einer Weile, driftete die Melodie ab von der bekannten, und alles wirkte neu, aber doch irgendwie vertraut.

Mikael schaute Theo an. Nun hielt der die Augen geschlossen, und sein Kopf bewegte sich im Takt der Musik. Er spielt mit seinem ganzen Körper, dachte Mikael. Und da, kurz bevor das Stück zu Ende war, kam die Melodie wieder, die Mikael zu kennen vermeinte.

Theo öffnete die Augen.

»Hast du das selbst geschrieben?«

»Nee, nee, das war auch Tárrega. Es heißt Lágrima.«

»Es erinnert mich an ein Lied, das ich kenne. Mit einer Jazzsängerin. Aber mir fällt der Name nicht ein.«

»Jetzt spiel ich dir was vor, das ich selber geschrieben habe. Eigentlich habe ich in der letzten Zeit an zwei Kompositionen gleichzeitig gearbeitet, aber die andere ist noch nicht fertig.« Theo stand auf. »Ich muss mich nur besser hinsetzen. Ich hab so keine richtige Stütze.«

Er setzte sich wieder auf den Stuhl und zog die unterste Schublade des Schreibtisches heraus, die er als Fußstütze benutzte.

Mikael stopfte das Kissen zwischen sich und die Wand und lehnte sich noch weiter zurück. Draußen vor dem Fenster begann es zu dämmern, und die Luft kühlte langsam ab. Theo begann mit seiner eigenen Komposition. Am Anfang schaute Mikael ihn an, beobachtete seine Bewegungen und seine Art, sich über die Gitarre zu beugen, ja fast darüber zu rollen, als ob er aus irgendeinem Grund das Bedürfnis verspürte, sie zu beschützen. Aber dann übermannte Mikael die Müdigkeit, und seine Augen schlossen sich. Die Musik und der Schlaf formten Bilder, die Träumen ähnelten. Es gab Töne, die wie Glocken klangen, tief, aber klangvoll. Und er lächelte in sich hinein, als er sie hörte.

»Du spielst wirklich gut.«

»Aha, du mochtest dieses Stück also auch?«

»Ja, das war das schönste. Absolut. Wie machst du diese Geräusche, die wie Glocken klingen?«

Theo lächelte ein wenig verlegen und zuckte mit den Achseln. »Ich weiß nicht, was du meinst. Das hier?«

Theo spielte einige weiche, fast flötenartige Töne.

»Ja, genau das. Die meine ich.«

»Das sind Flageoletttöne«, antwortete Theo. »Die kann man auf verschiedene Weise erzeugen. Wenn ich zum Beispiel die Saiten über diesem Bund nur ganz leicht berühre, erklingt der Flageolettton. Ich finde, das passt so gut in dieses Stück. Ich kann ein Präludium von Villa-Lobos für dich spielen. Sein viertes. Das hat auch Flageoletttöne. Natürliche Flageoletttöne.«

Es wurde langsam dunkel. Mikael stand auf, um eine Kerze anzuzünden. Die Flamme flatterte am offenen Fenster. Die Schatten auf der Wand hinter Theo bewegten sich wie in einem Tanz.

Mikael legte sich wieder aufs Bett und betrachtete die Kerzenflamme, deren vorsichtiges Flackern im Einklang mit den Klängen der Gitarre schien.

»Das war auch unglaublich schön. Besonders die Partie in der Mitte muss sehr schwer zu spielen sein«, sagte er, sobald Theo fertig gespielt hatte.

»Nö, das ist nicht so schwierig, wie es klingt. Jedenfalls nicht, wenn man damit vertraut ist. Man kann alle Töne ganz leicht greifen«, antwortete Theo und lächelte.

Mikael musste wegsehen. »Spielst du nur klassische Gitarre?«, fragte er. »Ich meine, spielst du auch etwas anders?«

»Klar doch, ich kann alles Mögliche. Alles, was mir gefällt. Aber das ist meistens klassisch. Und ich singe gerne. Lieder und so was.«

»Magst du was singen?«

Theo überlegte ein wenig. Dann nickte er. »Okay. Ich kann dir eines meiner Lieblingslieder vorsingen. Es ist von Tim Buckley. Kennst du ihn?«

»Nee, das glaube ich nicht.«

Theos Stimme veränderte sich, wenn er sang. Sie wirkte heller und dünn, als würde sie gleich brechen. Und obwohl Mikael dagegen ankämpfte, fühlte er, dass der Schlaf dabei war, ihn zu übermannen.

»In my heart is where I long for you. In my smile I search for you.
Each time you turn and run away, I cry inside my silly way.
Too young to know anymore.«

IX.

Ich weiß eigentlich nicht, was geschah.
Ich erinnere es nur in meinen Gefühlen.
Es war vielleicht etwas anderes.

Gunnar Ekelöf
»Om hösten«

skas Gebell weckte ihn. Mikael blinzelte zum Fenster hinaus; die Sonne stand bereits hoch am Himmel, und ihm wurde klar, dass er ungewöhnlich lange geschlafen haben musste. Unten im Garten hörte er Elisabet Aska rufen. Unmittelbar darauf folgten andere Geräusche; eine Autotür, die zuschlug, ein Motor, der startete. Dann fuhr der Wagen los.

Mikael war unangenehm warm, und einen Moment lang dachte er, dass er vielleicht krank wurde. Aber dann merkte er zu seiner Überraschung, dass er ein T-Shirt und Unterhosen trug. Mitten im Sommer. Er, der sonst immer nackt schlief. Seltsam.

Er warf die Decke zurück und drehte das Kissen um. Nun war es ein wenig kühler. Bruchstücke von seinen Träumen tauchten auf. Er schloss die Augen und versuchte, sie festzuhalten, sich an sie zu erinnern.

Da war eine Mauer. Hoch, sehr hoch und schmal. Er balancierte darauf, und sie schwankte mit jedem Schritt, den er tat. Er befand sich etwa zehn Meter über dem Strandweg zu Hause in Stockholm. Unter ihm fuhren Autos und Busse. Eine Straßenbahn war an einer Haltestelle stehen geblieben, um Fahrgäste einsteigen zu lassen. Mikael musste die Straße überqueren und war gezwungen, sich neben einer Strickleiter auf die Mauer zu setzen, um auf Grün zu warten.

Ein Mann tauchte aus dem Nichts auf und setzte sich neben ihn. Erst nach einer Weile bemerkte Mikael, dass es sein Vater war. Er sah so alt aus. Sie begrüßten einander und begannen zu schwatzen. Da erst merkte er, dass Risto Angst hatte.

»Wovor hast du Angst? Wegen der Höhe?«

»Aber nein. Nicht deswegen.«

»Warum dann?«

Sie schauten einander an.

»Deinetwegen.«

»Vor mir? Du hast Angst vor mir?«

»Nein. Ich habe Angst, dass du dich verlierst.«

Der Zettel auf dem Esstisch verriet ihm, dass Tina nach Hovs Hallar geradelt war. ICH WOLLTE DICH NICHT AUFWECKEN. DU BIST SO SÜSS, WENN DU SCHLÄFST. KOMM ZU DEN KLIPPEN – WENN DU DICH TRAUST!

Er ging zu Theos Zimmer hinüber und klopfte an, und weil niemand antwortete, öffnete er die Tür. Das Zimmer war leer und das Bett gemacht. Ein schwacher, aber dennoch bekannter Duft, den er nicht genau einordnen konnte, erfüllte den Raum. In der Ecke neben dem Fenster stand die Gitarre.

Gerade als er die Tür schloss, kam ihm die Katze aus dem Wohnzimmer entgegengesprungen. Sie strich ihm um die Beine. Mikael empfand ihr Maunzen als herzzerreißend, das war ihm immer so gegangen, und er dachte, wenn er eine Katze hätte, wäre sie vermutlich fett, weil er sie, jedes Mal wenn sie weinte, füttern würde.

»Ja, du kleine Mieze. Sieht so aus, als hätten sie uns hier allein zurückgelassen.«

Die Katze folgte ihm in die Küche. Ihr Schwanz stand senkrecht nach oben. Er gab ihr frisches Wasser in einer Schale und machte sich dann selbst Frühstück. Die Katze leckte eifrig eine Weile, war dann aber plötzlich weg.

Nach dem Frühstück schaute Mikael auf die Uhr an der Wand und beschloss, seine Mutter anzurufen. Wenn er sich richtig erinnerte, hatte sie heute Spätschicht. Vielleicht war sie noch zu Hause.

Es klingelte viele Male, und er wollte gerade auflegen, als er ein Klicken in der Leitung hörte.

»Ja, hallo. Bei Helena Karlberg«, antwortete eine Männerstimme.

»Helena *Karlberg*?«

»Äh, Entschuldigung. Wollen Sie Helena sprechen?«

»Ja«, antwortete Mikael überrascht.

»Einen Augenblick bitte, sie kommt gleich.«

Es dauerte einige Sekunden.

»Hallo? Helena. Wer ist dran?«

»Hallo. Ich bin's. Wer war das denn?«

»Mensch, Micke. Wie schön, dass du anrufst. Tut mir leid, wenn dich das verwirrt hat. Ein Arbeitskollege ist zu Besuch. Er hat abgenommen.«

»Aber warum meldet er sich mit ›Bei Helena Karlberg‹?«

Mikael meinte, seine Mutter seufzen zu hören.

»Um eine lange Geschichte kurz zu machen. Er ist ein alter Schulfreund von mir. Aus dem Gymnasium. Plötzlich standen wir im Karolinska nebeneinander. Er arbeitet auch dort. Und er hat wohl vergessen, dass ich schon lange nicht mehr Karlberg heiße.« Sie lachte. »Du hast wohl gedacht, dass du dich verwählt hast, was?«

»Aber was macht er bei dir? In unserer Wohnung?« Er fand selbst, dass er eifersüchtig klang.

Sie nahm einen tiefen Atemzug. »Micke, mein Kleiner. Er besucht mich. Und ausgerechnet, als das Telefon läutete, war ich auf dem Klo. Deswegen hat er geantwortet. Wir wollten gerade einen Kaffee trinken. Dann muss ich zur Arbeit. Wie geht es dir dort? Hast du es schön?«

»Ja, schon. Mir geht es gut. Aber ich muss jetzt auflegen«, log er. »Die anderen warten auf mich. Ich wollte nur hören, wie es dir geht.«

»Das war lieb. Es geht mir sehr gut. Trotz allem. Aber wir sprechen uns bald wieder. Oder? Ich kann dich morgen Abend anrufen, wenn du da zu Hause bist.«

»Okay. Tschüs!«

»Tschüs, Micke! Und liebe Grüße an die anderen.« Sie machte eine Pause, als wollte sie noch etwas hinzufügen. Aber dann wiederholte sie nur ihren Abschiedssatz, und dann war das Gespräch vorbei. Er hielt den tutenden Hörer noch eine Weile in der Hand, bevor er sich dessen bewusst wurde und auflegte.

Er lief über den lang gestreckten Kieselsteinstrand direkt an der Wasserkante entlang. Es war warm, aber ihn fröstelte ein wenig, denn obwohl hier und dort Büsche und niedrige Bäume wuchsen, schützten sie Mikael nicht vor dem Wind.

Eine breite Landzunge ragte ins Meer hinaus. Weit draußen konnte er eine Herde schwarzer Kühe mit weißen Flecken sehen, die zwischen den Steinhaufen grasten. Er folgte dem Pfad, der zu ihnen hinausführte. Sobald er näher kam, schauten ihn die Tiere mit großen Augen an. Zuerst wirkten sie einigermaßen unbeeindruckt, aber dann galoppierten sie mit einem jähen, äußerst tollpatschigen Hopser landeinwärts davon. Es musste ihnen plötzlich in den Sinn gekommen sein, dass er eine Bedrohung darstellen könnte.

Fast wie im Wilden Westen, dachte Mikael und konnte nicht mehr aufhören zu lachen.

Er setzte sich in den Windschatten eines größeren Felsbrockens auf die Erde und schaute die Küste hinauf nach Norden. Wenn er sich nicht irrte, musste Hovs Hallar etwa eine halbe Stunde entfernt liegen. Er dachte an die Kletterer und fragte sich, wie es Tina wohl ginge.

Mikael zog ein Fernglas und eine Thermoskanne aus seinem Rucksack. Keine fünfzehn Meter von ihm entfernt pickten hühnerähnliche schwarze Vögel im Tang an der schlammigen Wasserkante. Er beobachtete sie mit seinem Fernglas; die ausgewachsenen Vögel hatten silberweiße Flecken auf Brust und Rücken. Die jungen war mehr dunkelbraun als schwarz. Er hatte keine Ahnung, was für Tiere das waren.

Obwohl er den Zucker auf der Küchenbank vergessen hatte, schmeckte der Kaffee richtig gut. Er wärmte, und Mikael fühlte sich gleich noch besser. Er umschloss die Tasse mit beiden Händen und hatte plötzlich Sehnsucht nach dem Herbst und der Schule und wünschte sich das Gewohnte zurück.

Nun war er fast schon einen Monat auf dem Hof. Ziemlich genau vier Monate waren seit dem Tod seines Vaters vergangen.

Er unterbrach seinen Gedankenstrom. Es macht keinen Spaß, sich zum Gewohnten zurückzusehnen, dachte er. Mein Alltag kommt früh genug zurück. Im Moment besteht er eben aus Seltsamkeiten und Fremdem. Es ist fast schon lustig. Wenn es nicht so traurig wäre.

Erst am späten Nachmittag machte er sich auf den Weg zurück zum Hof. Aska schlug an, sobald Mikael knirschend in die kiesbedeckte Einfahrt radelte. Die Hündin kam aus dem Obstgarten gesprungen, um ihn zu begrüßen. Mikael lehnte das Fahrrad gegen die Hauswand und versuchte, ein wenig mit ihr zu schmusen, aber sie war viel zu aufgedreht und rannte schon im nächsten Moment einem anderen, aufregenderen Ziel entgegen.

Mikael hörte Erik und Elisabet aus dem Obstgarten nach ihm rufen und ging zu ihnen. Theo saß auch dort. Und Tina. Ihr Lächeln war ein wenig schief, als sich ihre Blicke begegneten. Und da sah er es; ihr linkes Bein ruhte auf einem Schemel mit einem zusammengelegten Strickpulli unter der Wade. Fuß und Knöchel waren von einer weißen Bandage bedeckt.

»Was ist dir denn passiert? Bist du angefahren worden?«

Sie lachte und zuckte mit den Schultern, kam aber nicht zum Antworten. Elisabet kam ihr zuvor: »Sie hat ihr Leben aufs Spiel gesetzt. An den Klippen. Es ist ja wirklich wahnsinnig, dort herumzuklettern. Das hättest du doch wissen müssen, Kristina! Hätte ich gewusst, was du vorhast, hätte ich es dir verboten.«

Mikael setzte sich ins Gras. »Bist du abgestürzt?«

Sie schüttelte den Kopf. »Nein, nein, nein! Das war im Entferntesten so dramatisch, wie Mutter das haben möchte. Wir waren mit dem Klettern schon fast fertig. Mit einem meiner letzten Schritte vom Felsen auf den Boden trat ich den Stein los. Ich habe gemerkt, dass er nicht fest war, aber ich habe nicht rechtzeitig reagiert. Der Stein rutschte, brach ab, und ich klemmte mir den Fuß ein, während ich gleichzeitig die Balance verlor. Ich habe mir den Fuß nur verstaucht. Und ich bin ganz gewiss *nicht* abgestürzt. Das Klettern ging total gut.«

»Wo wart ihr?«

»Zuerst oben an dem frei stehenden Felsen. Das war mir ehrlich gesagt ein wenig unheimlich. Als wir oben ankamen, war da so wenig Platz. Ich habe mich kaum getraut zu atmen. Dann kletterten wir über die Klippen zur Höhle hinauf. Das war echt krass. Wir zogen uns zu einem kleinen Vorsprung sechs, sieben Meter über der Erde hoch. Dort hatten wir einen … Standplatz? Wir mussten erst alle drei dorthin, bevor wir weiterklettern konnten.«

Elisabet stand auf. »Herrje, ich will das nicht noch mal hören. Ich fang mit dem Abendessen an.« Sie wendete sich an ihren Mann. »Machst du derweil das Zimmer von den Deutschen fertig?«

Erik murmelte etwas Unverständliches und folgte ihr.

»Aber wo hast du dich dann verletzt?«, fragte Mikael und setzte sich in einen der nun frei gewordenen Stühle.

»Das war, als wir uns von der Klippe heruntergelassen haben. An einer Stelle, wo es nicht mehr so hoch war. Ich musste sozusagen rückwärts den Berg hinuntergehen. Breitbeinig und saß dabei fast in der Luft, und mit einem Seil um die Hüften ging ich runter. Das war echt klasse. Und beim letzten Schritt, es ist wirklich nicht mal mehr ein halber Meter gewesen, bin ich falsch aufgetreten. So schnell kann es gehen.«

Theo war still daneben gesessen. Mikael fing seinen Blick auf. »Warst du es, der mich gestern ins Bett gelegt hat?«

Der Däne nickte. »Ja, du bist mitten im Lied eingeschlafen. Das war nicht sehr nett.«

Mikael lächelte. »Entschuldige. Deine Musik gefällt mir gut, aber ich war so verdammt müde. Und heute Morgen war ich ziemlich überrascht, dass ich immer noch mein T-Shirt und meine Unterhosen anhatte. Ich war ganz durchgeschwitzt. Sonst schlaf ich nämlich immer ohne Sachen.«

Tina lachte. »Ja, das hab ich gesehen, als ich dich neulich wecken wollte. Du bist ja nicht gerade sehr diskret.« Dann wendete sie sich an Theo. »Hast du dich nicht getraut, ihn auszuziehen?«

Theo wurde ein wenig rot und erwiderte mit einem Lächeln. »Nein, ehrlich gesagt nicht. Bei den jugendlichen Liebhabern muss man ja ganz schön aufpassen. Selbst wenn sie schlafen, kann man sich nicht sicher fühlen.«

»Wo hast du dich denn heute rumgetrieben, Theo?«, fragte Mikael nach einer Weile.

»Ich bin mit Elisabet nach Helsingborg gefahren und ein wenig herumgehumpelt, während sie gearbeitet hat. Kaffee trinken, shoppen, nichts Besonderes. Du?«

Mikael erzählte von seinem Ausflug, dann verstummte er und verlor sich in Gedanken.

Tina und Theo tauschten vielsagende Blicke.

Mikael schaute auf. »Und ich hab meine Mutter angerufen.«

Und wieder verstummte er.

»Aber, Micke, was ist los? Ist was passiert? War sie traurig?«

»Nö, im Gegenteil. Ein Fremder war am Telefon.«

»Ein Mann?«

Er nickte. »Ja, Helena behauptet, dass er ein Arbeitskollege ist, und dass er nur zum Kaffeetrinken bei ihr war.«

»Wer war er? Hat sie das nicht gesagt?«

»Ich weiß es nicht. Sie sagte, er sei ein alter Schulkamerad gewesen. Er meldete sich und benutzte dabei ihren Mädchennamen. Es war so ... so seltsam. Irgendwas stimmt da nicht. Und ...«

»Und was?«

Er zupfte ein Löwenzahnblatt ab und zerriss es langsam in kleine Stücke. »Ich weiß nicht. Ich hatte einfach das Gefühl, dass er ... dass sie ... Ach, was weiß ich? Vielleicht ist es auch gar nicht so.« Tina schaute ihn lange an. »Hast du etwa Angst, dass sie zusammen sein könnten? Dass Helena ein Verhältnis hat?«

»Ich weiß nicht, was ich glauben soll. Oder wie ich das finden soll. Selbstverständlich muss sie jemanden mögen dürfen. Einen anderen als Risto. Aber es fühlt sich so ...«

»Als ob es zu früh wäre?«, schlug Tina vor.

»Mmh, genau. Vorgestern waren es genau vier Monate seit seinem Tod. Das ist doch alles noch so neu.«

»Ich weiß nicht«, antwortete Tina langsam. »Es kommt vielleicht nicht so sehr darauf an, wie lange das her ist. Was denkst du, Theo?«

»Na ja, ich kenne ja deine Mutter nicht, Mikael. Aber ganz gleich, ob sie sich verliebt hat oder nur einen alten Freund wiedertrifft, nichts kann deinen Vater ersetzen. Was ich sagen will, niemand kann mit ihm konkurrieren. Wenn ein neuer Mensch in das Leben deiner Mutter tritt, bekommt er eben einen neuen Platz. Er wird niemals den Platz von deinem Vater übernehmen. Das geht gar nicht.«

Theo machte eine Pause. »Übrigens finde ich, dass man neue Freunde kennenlernen muss, wenn man jemanden verloren hat. Sogar sich neu verlieben, wenn es sich ergibt. Sonst stirbt man ja selbst. Das gilt für alle.«

Mikael schaute über die alte Mauer hinweg. Er versuchte, eine eigensinnige Träne wegzublinzeln. »Ich weiß nicht. Es passiert so viel. Ich komme nicht mehr mit. Manchmal fühle ich mich immer noch wie ein kleines Kind.«

Tina berührte seinen Arm. »Ich bin mir sicher, dass Helena bestimmt genauso verwirrt ist wie du.«

An diesem Abend saß er im Wohnzimmer vor dem Fernseher und schaute mit Erik und Elisabet einen Spielfilm an. Theo hatte sich schon hingelegt, und Tina war von Robert abgeholt worden. Bevor sie fuhr, bat sie Theo um eine seiner Krücken. »Beide brauchst du doch nicht mehr, oder?«

»Nee, nee, du kannst eine haben.«

Mikael hatte gelacht, als er sie zusammen sah. »Ihr solltet einen Club gründen. Den Club der jungen Versehrten oder so.«

Tina lachte und drohte ihm mit der Krücke. »Pass bloß auf. Es geht ganz schnell, und du bist Ehrenmitglied. Auf Lebenszeit!«

Der Film ging zu Ende. Elisabet und Erik, der sich durch den Großteil des Films gegähnt hatte, standen wie auf ein unsichtbares Signal auf.

»Bleibst du noch auf?«, fragte Erik.

»Ja, noch ein bisschen. Ich bin nicht müde.«

»Würdest du mit Aska noch rausgehen? Dann könnten wir uns schon hinlegen.«

»Na klar.«

Es war schön, noch einmal rauszugehen, Mikael hatte Lust auf einen richtig langen Spaziergang. Aska schien einigermaßen überrascht, als sie an der Landstraße ankamen, als ob ihr da erst richtig klar wurde, wie ungewöhnlich diese Nachtwanderung war.

Bald waren sie oben auf dem Gipfel, fast an der Apfelplantage. Mikael wollte die Sterne sehen, aber der Sommerhimmel war hell, und es waren nur wenige Sternbilder zu sehen. Der Große Bär, *Golema Mechka*, und der Kleine Bär, *Mala Mechka*, mit dem leuchtenden Polarstern, *Zvezda Denica*, dem Morgenstern. Mikael lächelte, als er sich erinnerte, wie er und Risto an einem Herbstabend vor vielen Jahren auf dem Skinnarviksberg saßen und in den Himmel schauten. Er war nicht älter als fünf oder sechs gewesen. Und sein Vater hatte ihm einige Sterne und Sternbilder gezeigt. Aber nicht mit den schwedischen Namen, sondern mit denen, die Risto als Kind beigebracht worden waren. *Orel, Vaga, Golema Kola.*

Als sie schon fast wieder zurück am Hof waren, hörte Mikael einen Wagen heranbrausen. Er drehte sich um und sah, wie das Auto schnell von der Landstraße abbog. Erst als er nahe herangekommen war, sah er, dass es Roberts Wagen war.

Sie kamen gleichzeitig am Hof an. Mikael ging zum Volvo. Tina öffnete die Tür auf ihrer Seite und stieg aus.

Robert blieb sitzen. Mikael beugte sich durch das heruntergekurbelte Fenster hinein, um Robert zu grüßen. Der murmelte etwas zur Antwort, schaute ihn aber nicht einmal an, und sobald Tina die Tür zugeschlagen hatte, ließ Robert die Kupplung los und fuhr wieder ab.

»Was ist denn mit dem los? Habt ihr euch gestritten?«

Tinas Augen waren ganz dunkel. »Meine Güte, ich ertrage das nicht mehr mit ihm. Er ist so voller Vorurteile. Jetzt reicht's. Ich mach Schluss.«

»Worüber habt ihr euch denn diesmal gestritten?«

Sie seufzte. »Alles. Wir haben so verdammt verschiedene Vorstellung von einfach allem. Und er ist so ... so verdammt borniert. Er akzeptiert nur, was *er* kennt und mag und tut. Alles andere ist falsch oder seltsam oder krank. Ich schaffe es nicht mehr, mit ihm darüber zu diskutieren. Er ist wie eine Betonmauer. Jetzt reicht's.«

»Übertreibst du nicht ein bisschen?«, versuchte Mikael, sie zu beschwichtigen.

»Nein, das tue ich verdammt noch mal nicht. Gerade sind wir irgendwie auf Zigeuner zu sprechen gekommen, und Robert ließ einen Haufen Scheiße vom Stapel. Ich hab ewig lang versucht, objektiv und verständnisvoll zu bleiben, und hab ihm erklärt, dass er nicht so dermaßen pauschalisieren darf. Aber er hört mir ja nicht mal zu. Sobald ich aufhöre zu reden, sagt er den nächsten Unsinn, zum Beispiel, dass es ja wohl klar sein, dass Zigeuner mehr klauen als andere. Das ist so unglaublich dumm. Es gibt keinen einzigen Beweis dafür. Aber es geht ihm ohnehin nicht um die Wahrheit. Er lächelt nur ein wenig, und dann tischt er einem wieder eine seiner vollständig unausgegorenen Ideen auf, als wären es feststehende Gesetze. Und keine Diskussion kommt ohne ein ›Das weiß doch jeder‹ aus oder etwas anderem ähnlich Idiotischem. Das macht mich wahnsinnig.«

»Vielleicht könnt ihr morgen noch mal in Ruhe darüber sprechen. Vielleicht wollte er dich nur ein wenig provozieren. Weil er sich unter Druck gesetzt fühlt. Oder vielleicht ist er wegen was anderem sauer.«

Sie schüttelte den Kopf. »Nein, jetzt ist Schluss. Ich habe das lang genug mitgemacht. Du hast doch selber gehört, wie er über Schwule redet. Ich halt das nicht mehr aus. Herrje! Es ist traurig, aber wahr.« Sie schaute ihn an. »Nein, ich will jetzt nicht mehr darüber sprechen. Wir können morgen weiterreden. Ich bin einfach stocksauer.«

»Kannst du denn schlafen?«

»Ja, ich glaub schon. Gute Nacht, Micke.«

»Gute Nacht.«

X.

Der Weg nimmt kein Ende. Der Horizont eilt hinfort.
Die Vögel frieren im Geäst. Staub schwirrt um das Rad herum.
Alle rollenden Räder widersprechen dem Tod.

Tomas Tranströmer
»Hemligheter på vägen«

Mikael legte Schreibblock und Stift ins Gras. Er hatte versucht, einen Brief an seine Mutter zu schreiben, aber die Worte wollten nicht kommen, obwohl er das Gefühl hatte, ihr viel sagen zu wollen. Die Gedanken schwirrten in seinem Kopf umher, und er konnte sich nicht konzentrieren.

Er saß auf einem Klippenvorsprung. Vielleicht auf dem, von dem Tina erzählt hatte, dachte er. Der, von dem die Kuh hinuntergefallen war. Zu seiner Rechten befand sich die Klippe mit der Höhle. Wenn er hinunterschauen würde, müsste er ihren Eingang sehen können. Aber schon der bloße Gedanken daran bescherte ihm eine Gänsehaut. Weit unten sah er ein älteres Paar, das langsam über den kieselsteinbedeckten Strand wanderte. Manchmal trug der Wind Teile ihrer Unterhaltung an sein Ohr, aber es war ihm unmöglich, den Zusammenhang zu verstehen. Es waren nur Stimmen.

»Hallo Mikael.«

Die Begrüßung ließ ihn aufschrecken. Mikael hatte niemanden kommen hören.

Es war Petr. Er musste eine der nördlichen Treppen heraufgekommen sein. Nun setzte er sich neben Mikael ins Gras.

»Puh! Ich bin ganz verschwitzt«, seufzte er. »Ich hab oben auf dem Knösen einen Spaziergang gemacht. Aber für solche Wanderungen ist es heute echt zu warm.« Er wischte sich die Stirn ab. »Was machst du da? Bist du allein hier?«

Mikael deutete auf den Schreibblock. »Ich bin hergefahren, weil ich einen Brief schreiben wollte. An meine Mutter. Aber es wurde nichts draus. Ich bin schon am ersten Satz hängen geblieben. Ich werde sie wohl besser anrufen.«

Petr lächelte. »Ja, manchmal ist es unmöglich, seine Gedanken auf Papier zu bringen, ganz gleich, wie sehr man sich das wünscht. Hast du Lust, ein wenig zu bleiben?«

»Was meinst du?«

»Na ja, ich bin ziemlich hungrig und hab Lust auf Kaffee. Ich könnte schnell in unser Häuschen hinunterlaufen, ein paar Brote schmieren und Kaffee kochen und damit zurückkommen. Was hältst du davon?«

»Super. Gerne. Ich habe nichts zum Essen mitgebracht. Hatte nicht damit gerechnet, so lange zu bleiben.«

»Also gut. Bin gleich wieder da.«

»Wo ist Joakim?«, fragte Mikael und nahm sich noch ein Butterbrot.

»Er ist in Ängelholm. Er hat was zu erledigen, Rechnungen bezahlen und so was. Wir sind doch wesentlich länger geblieben, als wir geplant haben. Sollen wir uns den letzten Schluck Kaffee teilen?«

Mikael brummte ein Mhm als Antwort und hielt ihm seine Tasse hin.

Eine Weile saßen sie schweigend nebeneinander. Unter einem Busch einige Meter hinter Petr sah Mikael ein Kaninchen hervorgucken. Es saß einige Sekunden still, dann musste es sie gewittert haben, denn es verschwand eilig zwischen dem vom Wind raschelnden Wacholder.

»Als wir neulich hier geklettert sind, hat uns Tina erzählt, dass dein Vater im Frühjahr gestorben ist«, begann Petr.

»Ja, das stimmt.«

»Ich kann mir vorstellen, dass das ganz schön schwer für dich ist. Ich hab schon bei unserem ersten Treffen den Eindruck gehabt, dass dich etwas bedrückt. Meine Mutter und mein bester Freund sind gestorben, als ich in deinem Alter war. Damit will ich nicht sagen, dass ich weiß, wie es dir geht. Jeder geht ja anders mit seinen Sorgen um. Aber es gibt doch Ähnlichkeiten. Vielleicht habe ich deswegen gemerkt, dass du jemanden verloren hast. Ich kann mich erinnern, dass mir das lange sehr seltsam vorgekommen ist, vor allem dass meine Mutter tot war. Dass sie weg war. Es ist mir so unwirklich vorgekommen. Und lange danach, sogar Jahre nach ihrem Tod, hatte ich manchmal das Gefühl, dass sie nie gelebt hat. Das war echt seltsam, aber manchmal konnte ich mich nicht mal an sie erinnern.«

Mikael stellte seine Tasse ins Gras und schaute auf den Strand hinunter. Auf dem vorgelagerten Felsen hatten sich einige Kormorane niedergelassen, er konnte sie kreischen hören.

»Ich erinnere mich an meinen Vater. Aber fast nur in Standbildern. Er bewegt sich darin nicht. Nicht mal in den Erinnerungen, meine ich. Manchmal höre ich seine Stimme. Manchmal, wenn ein Lied im Radio gespielt wird, von dem ich weiß, dass es ihm gefallen hat, dann kann ich ihn sagen hören, ›dieses Lied gefällt mir‹ oder so was. Und wenn sie Bilder von seiner Heimat im Fernsehen zeigen, kann ich auch seine Kommentare hören. Und immer bei Naturprogrammen. Da redet er die ganze Zeit.«

Petr lachte. »Ich weiß. Das ging mir genauso, wenn über etwas gesprochen wurde, das meine Mutter oder meinen Freund interessiert hätte, hörte ich sie reden. Übrigens, woher kommt dein Vater eigentlich?«

»Aus Skopje. In Mazedonien«, antwortete Mikael und machte eine Pause. »Aber wenn ich ihn höre, richtet er seine Worte selten an mich. Es ist mehr, als würde er etwas um mich herum kommentieren, etwas, das ihn interessiert. Oder interessiert hat. Aber fast nie spricht er direkt mit mir.«

Mikael nahm einen Schluck Kaffee, dann sprach er weiter.

»Aber neulich passierte etwas Seltsames. Da hörte ich ihn ein Gedicht vorlesen. In meinem Zimmer. Und ich habe das Gedicht vorher noch nie gehört. Das war wirklich sehr seltsam.«

Petr folgte den Kormoranen mit seinem Blick; sie waren der Felsen offensichtlich müde. In gerader Linie flogen sie direkt auf die Wasseroberfläche zu und verschwanden hinter einem hohen Steilhang aus seinem Blickfeld.

»Vielleicht leben die Menschen nach ihrem Tod auf diese Weise weiter«, gab Petr zu denken. »Dass wir, die zurückbleiben, mehr oder minder ihre Interessen weiterverfolgen. Meine Mutter zum Beispiel hat sich sehr für Gartenpflege interessiert. Seit sie tot ist, habe ich plötzlich Interesse an Gartenarbeit. Vielleicht nicht im selben Ausmaß, aber dennoch. Und wenn ich Rosen in einer Rabatte sehe, ist es, als würde meine Mutter in mir reagieren. Oder durch mich. Auf diese Weise lebt sie durch mich weiter und durch andere, die sie kannten und mochten.«

»Ja, vielleicht ist das so«, antwortete Mikael leise.

»Ich glaube daran. Und ich hoffe, dass das auch für andere so ist. Wenn man sich liebevoll an einen Menschen erinnert, wird man ihm wiederbegegnen oder Charakterzügen von ihm. Und dein Vater ... Wie hieß er eigentlich?«

»Risto.«

»Hat er besondere Interessen gehabt?«

»Ja, die Natur hat ihn sehr interessiert. Tiere und Pflanzen.«

»Stimmt, das hast du schon erzählt. Vielleicht begegnest du Risto in der Natur am ehesten wieder. Vielleicht lebt er dort weiter. Unter den Tieren und den Pflanzen. Und wenn du dich um deine Umgebung kümmerst, um die Natur, um die Tiere und vor allem um die Menschen, denen du begegnest, glaube ich, dass Risto weiterlebt. In dir und mit dir.«

Mikael hatte Tränen in den Augen. Während Petr sprach, schaute er über die Klippen und das Meer hinaus, und er wusste nicht, ob es der starke Wind war oder das, was er gehört hatte, was die Tränen in seine Augen gebracht hatte. Beides vielleicht. Wie auch immer, er fühlte sich ruhig, und es war ihm völlig egal, ob der Mann an seiner Seite die Tränen sah oder nicht.

»Ich weiß. Ich glaube auch, dass es so ist«, sagte Mikael, »nur dass es meistens Gedanken sind, die mir im Kopf herumschwirren, Gedanken, die ich nicht richtig fassen kann. Aber es stimmt, was du sagst. Mir ist aufgefallen, dass mir plötzlich Namen von Bäumen und Vögeln und Tieren wieder einfallen, von denen ich sicher war, dass ich sie vergessen hatte. Selbst Insekten, an denen ich nie besonders interessiert gewesen bin. Und plötzlich erinnere ich mich an ihre Namen oder wie sie leben. So was hat mir mein Vater immer erzählt. So etwas hat ihn interessiert. Und nun erinnere ich mich daran.«

»Weil wir gerade über Insekten sprechen«, sagte Petr. »Ich habe gerade einen superschönen Käfer auf dem Knösen gesehen. Ich bin mir fast sicher, dass es ein Heldbock war. Hast du so einen schon mal gesehen?«

Mikael schüttelte den Kopf. »Nö, nicht wirklich. Nur auf Fotos. Steht der nicht unter Naturschutz?«

»Ja, genau. Er ist wunderschön. Schwarze glänzende Flügel und diese ewig langen Antennen. Er sieht fast unwirklich aus.« Petr nahm einen Schokoladenkuchen aus seiner Tasche, teilte ihn in zwei Teile und gab einen davon Mikael. »Wie ist dein Vater überhaupt gestorben? War er krank?«

»Nein. Es war ein Unfall. Er war Bauarbeiter und arbeitete im Frühjahr in Aspudden. Sie haben ein altes Haus renoviert, und mein Vater war oben auf dem Dach. Sie waren dabei, den Dachboden herauszureißen, um neue Wohnungen einbauen zu können. Mehr weiß ich eigentlich gar nicht. Sie haben gesagt, dass das Dach glatt und vereist war. Was ich nicht glauben kann, denn dann wäre er doch besonders vorsichtig gewesen. Er muss zu nah an die Kante herangekommen sein. Und da ist er wohl ausgerutscht. Und runtergefallen.«

Mikael schaute nach Süden, konnte aber den frei stehenden Felsen nicht entdecken, auf den Petr und die anderen geklettert waren. »Sie haben gesagt, dass er zehn Meter gefallen ist. Aber nicht senkrecht runter. Er ist gegen ein Teil vom Gerüst geschlagen. Seine Kollegen haben nicht geglaubt, dass er noch lebt. Aber er war noch bei Bewusstsein, als sie zu ihm gekommen sind. Er hat sogar noch reagiert, als sie ihn angesprochen haben. Dann hat er das Bewusstsein verloren. Drei Tage später war er dann tot. Obwohl die Ärzte geglaubt haben, dass er durchkommt. Aber ...«

Mikaels Stimme brach, und er schwieg.

»Das Schlimmste ist, dass ich nicht dabei war, als er gestorben ist. Ich war im Krankenhaus die ganze Zeit bei ihm gesessen. Aber sobald wir geglaubt haben, dass er durchkommt, haben wir ihn allein gelassen. Nur ganz kurz. Und da ... da ist er dann gestorben. ›Nun ist das Schlimmste überstanden.‹ Genau so hatte der Arzt sich ausgedrückt. Und dann ist er trotzdem gestorben. Ich tröste mich damit, dass er nicht bei Bewusstsein gewesen ist. Aber es ist kein richtiger Trost, weil ich glaube, dass man Dinge in seiner Umgebung wahrnehmen kann, auch wenn die Ärzte behaupten, dass man nichts mehr mitkriegt.« Er schaute Petr an. »Stell dir vor, er hat mitgekriegt, dass ich nicht da war.«

»Wo warst du denn, als er ...«

»Ich bin nach Hause gefahren, um zu duschen und mich umzuziehen. Sie hatten ja gesagt, dass das Schlimmste überstanden ist. Da haben wir aufgeatmet. Meine Mutter ist zuerst nach Hause gefahren. Und als sie ins Krankenhaus zurückgekommen ist, war ich dran.«

»Du bist also zu Hause gewesen, als er gestorben ist? Du bist ruhig gewesen, hast gehofft, warst vielleicht sogar erleichtert. Wenn dich dein Vater sehen konnte ... wenn er dich beim Sterben irgendwie fühlen oder wahrnehmen konnte, glaubst du nicht, dass es ihm lieber gewesen wäre, dich bei guter Laune zu wissen anstatt traurig? Vor allem nicht verzweifelt an seinem Sterbebett? Er hat dich doch geliebt, Mikael. Da wollte er doch sicher, dass du dich gut fühlst. Glaubst du das nicht?«

»Daran habe ich nie gedacht«, antwortete Mikael nachdenklich. »Aber klar hätte er sich das für mich gewünscht. Und für sich. Als er noch am Leben war jedenfalls. Vielleicht auch, als er gestorben ist.

Ich habe da nie drüber nachgedacht. Nicht so.« Er verstummte und verschwand in seinen Gedanken.

Nach einer Weile holte ihn Petr mit einer weiteren Frage auf den Klippenvorsprung zurück: »Wie hat deine Mutter seinen Tod verkraftet?«

»Hm … eigentlich weiß ich nicht, wie es ihr im Moment geht. Am Anfang habe ich den Eindruck gehabt, dass es uns ähnlich geht, dass wir ähnlich … geschockt und traurig sind.«

Eigentlich stimmte das nicht, dachte er. Er konnte sie vor seinem inneren Auge sehen; eine schreckliche Nacht lang war sie in ihrem Zimmer auf und ab gegangen und hatte nur geschrien. Mikael hatte versucht, sie zu beruhigen, sie zu trösten, doch ohne Erfolg. Sie hatte ihn weggestoßen und gesagt, dass sie in Ruhe gelassen werden wollte. Gelähmt von ihrem Zorn hatte er im Dunkeln auf seinem Bett gelegen und gehört, wie sie leiser und leiser geworden war, bis sie nicht mehr länger schreien konnte.

»Aber dann, kurz bevor ich hergefahren bin, kam es mir vor, als … ich weiß nicht, wie ich es sagen soll. Als hätte sie mich überholt, als hätte sie ausgetrauert. Nein, nicht ausgetrauert, das meine ich nicht. Aber es war, als wäre sie weitergekommen als ich in ihrer Trauer, mit ihrer Trauerarbeit.«

Er haderte einen Moment lang mit sich, aber dann erzählte er Petr von dem Telefonat mit dem alten Schulfreund seiner Mutter.

»Und nun denkst du, dass sie zusammen sind?«

Mikael nickte.

»Ich weiß nicht, was ich dazu sagen soll«, sagte Petr. »Es gibt ja selten ein Schwarz oder Weiß, ein Richtig oder Falsch. Aber ich kann dir was von meinem Vater erzählen. Nach dem Tod meiner Mutter wollte er niemanden mehr kennenlernen. Er spricht selten über seine Gefühle, aber er hat mir einmal sehr deutlich gesagt, dass er sich nicht vorstellen kann, jemals mit einer anderen Frau zusammen zu sein. Seither lebt er einsam und niedergeschlagen. Und vermisst sie immer noch. Ich weiß nicht, wie oft ich ihm jemanden gewünscht hab, der ihn umdenken lässt. Jemand, der ihn aufleben lässt. Aber er schafft es nicht. Er will nicht. *Das* ist wirklich traurig.«

Mikael saß still da, und nach einer Weile fuhr Petr fort.

»Und was du über deine Mutter gesagt hast, dass sie mit ihrer Trauerarbeit schneller vorangekommen ist, das glaube ich nicht. Es ist vielleicht eher so, dass sie an einen Punkt gekommen ist, an dem sie es schafft, ihre Gefühle besser zu kontrollieren. Zumindest teilweise. Und das tut sie mit Sicherheit für *dich*, Mikael. Sie ist doch deine Mutter. Sie ist die Erwachsene, sie soll dich stützen, dir helfen. Und nun kann sie das wieder. Sie kontrolliert ihre Gefühle, damit du nicht noch trauriger bist.«

»Aber das braucht sie doch nicht. Ich weiß doch …« Er beendete den Satz nicht.

»Was weißt du?«

Mikael lächelte kurz. »Dass sie traurig ist. Dass sie um Risto trauert.«

»Da hast du's! Nicht mal ein alter Liebhaber aus dem Gymnasium könnte das ändern. Aber trotz ihrer Trauer muss sie, genau wie du, weitergehen. Allein oder zusammen mit anderen. Und ich verspreche dir, es ist so unglaublich viel einfacher weiterzugehen, wenn man die Möglichkeit hat, es mit einem anderen zu tun.«

Sie folgten dem Trampelpfad der Kühe zurück zum Parkplatz. Petr ging voran. Er warf einen Blick hinunter auf die Felsen und musste plötzlich an etwas denken. So blieb er stehen und wendete sich Mikael zu. »Hast du noch einen Augenblick Zeit?«

»Klar. Was hast du vor?«

»Ich möchte dir was zeigen. Hier unten. Ich hab das vor ein paar Tagen entdeckt.«

Sie rutschten den Steilhang zu den Apfelbäumen hinunter. Es fühlte sich diesmal nicht mehr so unangenehm an, dachte Mikael. Er blieb stehen und schaute auf die Steine, wo der Blumenstrauß gelegen hatte. Nun waren keine Blumen da. *Wir werden dich nie vergessen.* Hatte das nicht auf der Karte gestanden? Ihr habt ihn wohl doch nicht vergessen, oder?, dachte er und folgte Petr.

Der stand inzwischen ganz nah am Wasser.

»Wir müssen dort rein«, rief er und deutete zwischen die großen Steinblöcke.

Es blies immer noch ein steife Brise, und obwohl sie mehrere Meter vom Wasser entfernt waren, spritzte ihnen ständig Gischt ins Gesicht. Petr legte seinen Rucksack ab und kletterte zwischen die Steine. Mikael folgte ihm. Nach einer Weile standen sie vor einer kleinen Höhle.

»Hier!«, lächelte Petr. »Schau rein!«

Mikael kroch an den Eingang heran. Er war sehr eng, er konnte gerade mal den Kopf und eine Schulter hineinstecken. Drinnen war es ganz dunkel, und er sah nichts. Da spürte er Petrs Hand auf seinem Rücken.

»Du verdeckst alles. Du musst ein wenig Licht reinlassen.«

Mikael zog sich ein wenig zurück, und plötzlich glitzerte es goldgelb und grün vor seinen Augen. Es war ein starker Glanz, fast elektrisch. Wie Neonlicht. Er blinzelte ein paarmal, um besser sehen zu können. Das Licht kam von einem Spalt im Gestein. Das leuchtende Feld war nur etwa handtellergroß.

»Was ist das?«

»Leuchtmoos«, antwortete Petr. »Ein Gewächs. Viele sind auf das Glitzern schon reingefallen, weil sie geglaubt haben, Gold oder Edelsteine gefunden zu haben. Ist das nicht wunderschön?«

»Ja, das ist wirklich schön. Aber es ist fast unmöglich, den Blick darauf zu fokussieren. Es kommt einem so vor, als würde es sich bewegen.«

»Stimmt. Vielleicht gilt das für alles Schöne. Wir können es nicht festhalten, sondern müssen uns mit den Stunden begnügen, die wir aufgrund von Zufall daran teilhaben dürfen. Genau wie mit der Liebe. Deshalb gilt es, aufmerksam zu bleiben.«

XI.

Manchmal überkommt einen schlagartig die Gewissheit,
dass genau dieser eine Augenblick Bedeutung hat,
mehr als alle anderen Augenblicke.

Claes Andersson
»Mina bästa dagar«

Mikael schreckte aus dem Schlaf hoch. Es war immer noch hell. Ein Blick auf den Wecker zeigte, dass er über eine Stunde geschlafen hatte. Er streckte sich und setzte sich im Bett auf. Das Buch, das er gelesen hatte, bevor er eingeschlafen war, fiel mit einem Rums zu Boden. Durch das offene Fenster konnte er Theos Lachen hören.

Mikael hob das Buch auf, ging zum Fenster und lehnte sich hinaus, konnte den Dänen aber nicht entdecken. Er muss wohl im Obstgarten sein, dachte Mikael und zog sich die Turnschuhe an.

Theo saß in einem der Gartenstühle. Tina hatte ihm einen am Kopf aufgeschnittenen Müllsack übergestülpt und machte sich gerade daran, ihm die Haare zu schneiden.

Theo lächelte, als er Mikael erblickte. »Was für ein Glück, dass du kommst. Ich traue dieser Frisöse hier nicht recht. Bitte steh mir bei.«

Tina richtete die Sprühflasche auf sein Ohr und drückte ab. »Wage es nicht, mich zu kritisieren! Sonst lernst du die Spritze kennen.« Sie lachte.

»Du kannst auch gleich noch den Job als Bodyguard übernehmen«, rief Theo, während er versuchte, sich vor Tinas Spritze zu schützen. »Bitte!«

Mikael hob die Thermoskanne an, die auf dem Tisch stand. »Ist der Kaffee noch frisch?«

»Ja, ist er«, sagte Tina. »Du kannst meine Tasse haben, wenn du willst. Ich will keinen mehr. Aber es ist kein Zucker drin.«

Mit der Tasse in der Hand setzte Mikael sich Theo gegenüber. »Ich bin nach dem Abendessen eingeschlafen. Mein Kopf fühlt sich wie eine gekochte Kartoffel an. Ich bin total groggy.« Er schaute zu Theo auf. »Wie willst du deine Haare denn haben?«

»Ich weiß es noch nicht. Nur, dass sie runter müssen. Unter dieser langen Matte ist es mir im Sommer viel zu warm.« Er seufzte und wendete sich Tina zu. »Muss dieser Plastiküberwurf sein? Ich bin jetzt schon nass geschwitzt.«

Sie lachte, als hätte er etwas sehr Lustiges gesagt. »Natürlich nicht. Ich wollte nur nicht, dass hinterher die ganzen Haare an dir kleben. Nimm ihn ab, wenn dir das lieber ist.«

Mikael nahm einen Schluck Kaffee und verzog das Gesicht. Ohne Zucker schmeckte er nicht. Er betrachtete Theo; seine Augen folgten seinen Bewegungen, als er zuerst den schwarzen Sack und dann das weiße T-Shirt auszog. Es liegt etwas Weiches in seinen Bewegungen, dachte er. Manchen ist das angeboren. Sie bewegen sich, als würden sie ständig tanzen. Theos Körper war regelmäßig gebräunt; von einem goldbraunem Farbton, der alle Linien hervorzuheben schien.

Mikael hob den Blick und begegnete den fragenden Augen seines Gegenübers. Sie sahen einander für den Bruchteil einer Sekunde an. Mikael spürte, wie es in seinem Magen kribbelte. Mein Gott, wie schön der ist. Er errötete und schaute weg. Fühlte, wie das Herz in seinem Brustkorb hämmerte.

»Sag mal, Micke. Du hörst mir ja gar nicht zu«, Tina unterbrach seine Gedanken.

»Was? Aber natürlich.«

Sie schüttelte den Kopf. »So langsam fang ich an, dir deinen gekochten Kartoffelkopf zu glauben.« Sie warf ihm ein flüchtiges Lächeln zu, dann wurde sie plötzlich ganz ernst. »'tschuldige. Ich hab nur gescherzt. Was meinst du, Micke? Soll ich so viel abschneiden?«

Er zuckte mit den Achseln. »Ich weiß nicht recht.«

Er fühlte Theos Augen auf sich, war aber immer noch zu befangen, um diesem Blick zu begegnen. Stattdessen trank er seine Tasse leer, stellte sie auf den Tisch und stand auf. »Ich geh und leg mich eine Weile ins Gras. Ich fühle mich so schwer in der Birne.«

Das Gras in der Nähe der alten Steinmauer war immer noch saftig und grün, im Gegensatz zu den vertrockneten und fast verbrannten Flächen, die der Sonne stärker ausgesetzt waren. Mikael legte sich unter einen knotigen Pflaumenbaum der Länge nach auf den Rücken und verschränkte die Arme hinter dem Kopf, dann schloss er die Augen. Außer den Stimmen von Tina und Theo vom Ende des Obstgartens hörte er nur das stete Surren von Hunderten von Insekten, das Zwitschern vereinzelter Vögel samt dem entfernten, aber dennoch sehr deutlichen Lärm eines Traktors, der von seinem Fahrer so gejagt wurde, dass er fast schon raste.

Mikael dachte über Theo und Tina nach, und über etwas, das Petr gesagt hatte, nachdem sie die enge Höhle mit dem Leuchtmoos verlassen hatten. Er hatte ein Gedicht von Tennyson zitiert: *Brief is live but love is long.* Diese Zeile fasste gut zusammen, worüber sie oben auf der Klippe gesprochen hatten. Die Liebe kann den Geliebten ja tatsächlich überleben. So ist es ja auch mit Risto. Und das ist wohl auch der Grund, warum der Verlust so schmerzt.

»Wir leben ja nur ein Leben«, hatte Petr gesagt. »Jedenfalls so weit wir das wissen. Ein relativ kurzes Leben. Aber je mehr wir lieben, desto reicher wird unser Leben. Und ein reiches Leben muss sich anfühlen wie ein langes Leben, davon bin ich überzeugt. Ein langes Leben im Glück.«

»Findest du, dass du ein glückliches Leben hast?«, hatte Mikael ihn gefragt, überrascht, wie einfach es war, so eine Frage zu stellen, die zu den ganz großen dieser Existenz zählen.

»Ja, ich glaube schon, dass ich das tue. Es gab Zeiten, die ganz schön düster gewesen sind, aber auch sie sind vergangen. Und meistens hat das Positive gesiegt. Bisher jedenfalls. Und seitdem ich versuche, immer für das Positive offen zu sein, glaube ich auch, dass mir das Positive leichter begegnet.«

»Glaubst du, dass es so einfach ist?«

»Im Großen und Ganzen schon. Ich glaube, dass man sich einfach nur dafür entscheiden muss. Wenn man deprimiert und unten ist, erkennt man manchmal seine Möglichkeiten überhaupt nicht, und man braucht Hilfe von anderen. Wir haben die Wahl, zwischen dem hellen und dem dunklen Weg. Und ganz gleich, für welchen wir uns entscheiden, wir werden an Hindernisse stoßen. Aber es ist einfacher, ein Problem zu bewältigen, wenn man ein Ziel vor Augen hat, als wenn sich der Weg einfach im Dunkel verliert.«

Seine Gedanken wurden von Tinas Stimme unterbrochen.

»Na, was sagst du?«

Mikael stützte sich auf einen Ellenbogen. Sie stand mit verschränkten Armen neben ihm. Theo hatte sich hingehockt. Sein Fuß war wieder ziemlich hergestellt. Er stützte sich mit einer Hand am Boden ab. Das Haar war richtig kurz geschnitten.

Mikael schaute ihn an. Er fühlte sich immer noch ein wenig verlegen. »Das sieht gut aus«, antwortete er. »Du … du siehst gut aus.«

Theos Augen funkelten genauso wie in dem Moment, als er zum ersten Mal auf den Hof gekommen war. Er stand auf. »Ich gehe mich jetzt duschen. Bin ja ganz voller Haare.«

Tina setzte sich ins Gras. Sie hielt vorsichtig ihren verletzten Fuß und sagte, wie sehr es ihr gefiel, Haare zu schneiden. Dann verstummte sie.

»Bist du traurig, Micke? Du bist heute so still«, sagte sie nach einer Weile.

»Nein, ich bin nicht traurig. Ich … ich denke nur nach.«

»Worüber?«

Er setzte sich auf, riss einen langen Grashalm ab und steckte ihn sich in den Mund.

»Wegen der Sache mit Helena und dem Arbeitskollegen?«

Er schüttelte den Kopf. »Nö, darüber denke ich nicht mehr so viel nach. Ich weiß ja nicht mal, ob es stimmt.« Dann machte er wieder eine Pause. »Im Übrigen ist es doch nur gut, wenn sie jemanden hat. Und du? Hast du dich mit Robert ausgesprochen?«

»Ja, wir haben uns gestern getroffen.« Sie seufzte. »Ich mag ihn ja, aber es geht nicht. Mir gehen seine dummen Ansichten auf den Geist. Du hättest hören sollen, wie er neulich über Petr und Joakim schwadroniert hat. Mir wird ganz schlecht, wenn ich das noch einmal hören muss. Er ist so verdammt kategorisch. Und als er dann anfing ...« Sie führte den Satz nicht zu Ende, sondern seufzte erneut und schaute weg.

»Was denn?«

»Ach, nichts. Ich hab keine Lust mehr, darüber zu sprechen.«

Mikael wusste nicht, was er sagen sollte. Er streckte eine Hand aus und berührte ihren Arm, dann wollte er etwas Tröstendes zu ihr sagen, aber Tina kam ihm zuvor. »Irgendwie tut er mir ja leid. Alle seine Vorurteile werden doch auf ihn zurückfallen. Das muss doch so kommen. Dass er sich nur noch mehr in sich selber verstrickt.«

»Wie meinst du das?«

Sie begegnete seinem Blick. »Ich meine damit, dass sich die Welt sicherlich niemals seinen Vorurteilen anpassen wird. Wenn er schlau wäre, würde er sich seiner Umwelt anpassen. Man kann nicht alles verstehen oder mögen, aber man muss doch auch nicht alles verdammen, das man nicht kennt. Das Einfachste ist doch, zu versuchen zu verstehen. Und versteht man etwas nicht, obwohl man es versucht hat, muss man es doch irgendwie akzeptieren. Und sich damit zufriedengeben, dass man es immerhin versucht hat.«

Hinter ihrem Rücken sah er Theo aus dem Haus kommen und auf der Treppe stehen bleiben. Dort zog er sich ein weißes T-Shirt an, das frisch geschnittene Haar noch nass von der Dusche.

Tina drehte sich um und schaute ihn an.

»Was hast du neulich gesagt, als wir über Robert gesprochen haben, Theo? Als ich dir erzählt hab, was er gesagt hat.«

112

Theo kam zu ihnen, setzte sich ins Gras und schaute Tina fragend an. »Ich weiß nicht, was du meinst. Wir haben ja über so viel gesprochen.«

»Ja, das weiß ich.« Sie dachte einen Augenblick nach. »Du hast so was gesagt wie: Ein Mensch, der seine Zeit und Kraft benutzt, um zu hassen und andere Menschen zu verurteilen für das, wie sie leben, und manchmal sogar nur, wie sie aussehen, beweist damit nur seine eigene Armut, seine eigene Schwäche. Das war's. So ungefähr jedenfalls.«

Theo nickte, während sie sprach. »Ja, aber so ist es doch«, sagte er. »Je mehr wir hassen, desto ärmer werden wir. Ganz zu schweigen davon, wie einsam einen das macht.«

»Das erinnert mich an etwas, das Petr mir neulich an den Klippen gesagt hat«, sagte Mikael. »Nur, dass er es umgedreht hat. Je mehr wir lieben, desto reicher fühlen wir uns. Desto reicher wird unser Leben. Ihr scheint ganz ähnliche Gedanken darüber zu haben, scheint mir. Du und Petr.«

Theo lächelte.

»Ja, ich weiß.«

XII.

Ich.
Du.
Eine Welle von Gefühlen.
Ich.
Du.
Welle.

Michael Strunge
»Væbnet med vinger«

Er schaute auf die Uhr. Noch eine knappe Stunde bis Mitternacht. Mikael legte das Buch weg und setzte sich im Bett auf. Er war nackt, und obwohl die Decke unberührt am Fußende lag, fror er kein bisschen. Das Fenster stand weit offen, und trotzdem war es so unglaublich warm. Er stand auf, ging ans Fenster und lehnte sich hinaus. Die Luft, die seinen Körper berührte, war warm wie Atem und schwer von Düften. Es war immer noch ziemlich hell. Mikael sah ein paar Kaninchen am Pestfriedhof. Sie hoppelten in langen Sätzen umher und saßen dann still da. Mikael ahnte mehr, als dass er es sah, wie sich ihre Näschen eifrig bewegten, in der steten Bereitschaft, Gefahr zu wittern. Als Tina und er noch klein waren, erzählte Erik ihnen Gute-Nacht-Geschichten. Eine dieser wiederkehrenden Geschichten handelte vom Milchhasen, einem Fabelwesen, das sich nächtens auf Bauernhöfe schleicht, um von den Kühen zu trinken. Und wenn der Bauer am Morgen melken will, sind die Euter leer.

Mikael hatte sich die Milchhasen immer weiß vorgestellt, fast durchsichtig. Und trotzdem hatten er und Tina ängstlich und aufgeregt zugleich immer sofort Erik hinzugerufen, wenn ihnen ein ganz normales hellbraunes Kaninchen untergekommen war. Man konnte ja nie richtig sicher sein.

Auf dem Berg schimmerte ein Wohnhaus fast weiß; Mikael nahm an, dass irgendwo hinter ihm der Vollmond leuchtete. Ein anderer Lichtschein fing seine Aufmerksamkeit. Er kam aus Eriks und Elisabets Schlafzimmer. In Tinas war es dunkel. Theos Zimmer konnte er nicht einsehen, es schaute zur anderen Seite des Hauses hinaus.

Ein Vogel rief. Vielleicht eine Waldohreule. Es klang hohl und betrübt. Mikael lenkte seinen Blick erst auf die Kastanie und dann auf die Gräber hinüber. Die Kaninchen hatten wohl die Sicherheit vorgezogen und sich irgendwo versteckt. Da fiel ihm der tote Schmetterling wieder ein, der Birkenspanner.

Es war schwer, im Dunkeln etwas zu erkennen, aber nach einer Weile sah Mikael, dass sich inzwischen auch der andere Flügel gelöst und über den Schmetterlingskörper gelegt hatte. Mikael beugte sich hinunter und bewegte das Fenster ein wenig, um besser sehen zu können. Der Flügel war fast ganz grau – hell, hellgrau – und sehr dünn. Hätte er nicht die unverkennbare Flügelform, hätte man ihn für eine Schuppe eines zerfetzten Wespennests halten können.

Mikael dachte an Risto. Schon beim ersten Mal, als er mit Helena über die Beerdigung gesprochen hatte, wollte Mikael seinen Vater verbrennen lassen. Er konnte nicht erklären, warum er sich das wünschte, und seine Mutter hatte lieber nicht nachgefragt. Dabei wusste er den Grund ganz genau: Er konnte sich einfach nicht mit dem Gedanken anfreunden, dass Ristos Körper in der Erde verwesen sollte. Die Asche seines Vaters durfte gerne den Humus für neue Gewächse und Blumen bilden, der Gedanke gefiel ihm, aber der ganze Körper … Nein, das konnte er sich nicht vorstellen.

Sie pflanzten japanischen Beifuß auf sein Grab. Das fast durchsichtige, hellgrüne Blattwerk schien den Wind einzufangen; selbst wenn es windstill war, bewegten sich die Zweige, als würde etwas in ihnen spielen. Still und müde standen sie vor dem Grab, er und Helena, nur um das seltsame Gewächs zu betrachten.

»Es ist, als würde jemand hineinpusten«, flüsterte sie. »Findest du nicht?«

Noch einmal hörte Mikael das, was er für das wehmütige Klagen einer Waldohreule hielt, nur dass es diesmal so klang, als wäre sie weggeflogen. Er atmete tief ein. Es begann abzukühlen. In dem Augenblick sah er, wie das Licht bei Elisabet und Erik ausging. Und da erinnerte er sich, wenn auch nur vage, dass er einmal, als er noch klein war, von einem Aberglauben über Eulen und ihre Schreie gehört hatte. Wenn er sich richtig erinnerte, verkündete der Schrei einer Eule angeblich den Tod eines Nahestehenden.

Er kreuzte die Finger und murmelte eine selbst gestrickte Beschwörung. »Niemand hier soll sterben! Nicht jetzt! Wir werden leben! Und wir werden erfüllte Leben leben!«

Mikael fühlte sich überraschend ruhig. Ruhig und stark, genau wie in Hovs Hallar vor ein paar Tagen zusammen mit Petr. Er schlief mit einem Lächeln auf den Lippen ein. Wie ein kleines Kind.

Er befand sich in einer Höhle. Die Wände waren glatt gespült vom Wasser, das seit Jahrtausenden an ihnen herunterlief. Es tropfte auf den Boden der Höhle, wo es sich zu silbern glitzernden Rinnsalen sammelte und nach einer Weile des Suchens in kaum sichtbaren Ritzen verschwand. Hier und dort liefen langbeinige Spinnen; ihre Körper blinkten schwarz und rot, als sie vom Licht getroffen wurden.

Mikael wendete sich dem Licht zu. Eine ganze Wand war von Leuchtmoos bedeckt, golden, kadmiumfarben und grün leuchtend – und eine Stimme hinter ihm sagte leise, dass dies das größte Exemplar war, das man jemals gefunden hatte.

Vergeblich versuchte Mikael zu erkennen, woher die Stimme kam. »Risto? Bist du das?«

Er ging zu einer Öffnung in der Wand und lehnte sich hinaus. Sieben, acht Meter unter ihm zerschellten Wellen an Klippen.

»Und doch werden letztendlich die Wellen den Kampf um den Raum gewinnen. Der Berg muss langsam nachgeben und Platz machen, und diese Höhle hier wird verschwinden.«

Mikael drehte sich erneut der Stimme zu, konnte aber immer noch niemanden ausmachen. »Bist du das, Papa?«

Er hörte Musik in der Ferne und legte sich auf den Boden der Höhle. Und plötzlich stand Risto neben ihm. Er lächelte und sagte etwas, das

Mikael nicht verstand. Dann war er weg und gleich darauf wurde es dunkler. Das Leuchtmoos hatte zu flackern begonnen wie die Flamme einer Kerze kurz vor dem Verlöschen. Dann war es völlig dunkel. Nur noch die Geräusche blieben übrig, die Musik und das Bersten der schäumenden Wogen.

Jemand beugte sich über ihn und gab ihm einen Kuss; erst auf die Wange, dann auf den Mund. Er konnte nicht erkennen, wer es war. Wie ein Blinder wollte er das Gesicht des anderen ertasten, aber seine Arme waren schwer wie Blei, und er schaffte es nicht, sie zu heben. »Papa? Tina?«

Die Musik spielte weiter.

Und dann wachte er auf.

Er wachte auf. Auf seiner Bettkante saß Theo mit seiner Gitarre und spielte eine unbekannte Melodie. Mikael stützte sich auf den Ellenbogen; er war völlig durcheinander. Theo wendete sich ihm zu und lächelte ihn an, spielte aber weiter. Mikael sank in die Kissen zurück. Er schloss die Augen, unsicher, ob er immer noch träumte. Als das Musikstück zu Ende war, sagte keiner etwas. Viele Sekunden, wenn nicht Minuten vergingen, und Mikael hatte das Gefühl, wieder einzuschlafen. Er öffnete die Augen und stellte fest, dass Theo tatsächlich da saß, ihm ganz nah war.

»Wie bist du reingekommen?«, flüsterte Mikael und stützte sich erneut auf den Ellenbogen.

»Ich hab die Leiter vom Kirschbaum genommen und bin hochgeklettert. Dein Fenster stand doch offen. Wie bei Shakespeare. Findest du nicht?«

»Bist du mit der Gitarre geklettert?«

Theo nickte und spielte einige Töne.

Das ist wie ein Traum, dachte Mikael und lehnte sich wieder zurück. »Wie schön das war. Das Stück, das du gespielt hast.«

»Ist erst heute Abend fertig geworden«, sagte Theo und lächelte. »Ich wollte es dir gerne vorspielen. Schöne Musik für einen schönen

Mann. Ich bin im Obstgarten herumgelaufen, um mir einen Namen dafür auszudenken, und dann fiel mein Auge auf dein offenes Fenster, deshalb …«

»Aber man kann mein Fenster vom Obstgarten aus gar nicht sehen«, protestierte der wache Teil von Mikael.

Theo lachte. »Ja, ja, ich weiß. Ich bin wohl auch ein paar Schritte aus dem Obstgarten herausgegangen. Die Grenzen sind ja nicht immer so deutlich. Besonders in der Nacht.«

Theo stellte die Gitarre weg, dann beugte er sich über Mikael und küsste ihn auf die Lippen. Überrascht, fast wie durch Reflex, beantwortete Mikael den Kuss. Die Erfahrung war so überraschend und sinnlich, dass es ihm fast den Atem verschlug. Und wieder roch er den Duft, den er schon in Theos Zimmer gerochen hatte. Mikael schloss die Augen und versuchte, sich zu erinnern, wo er ihn zum ersten Mal wahrgenommen hatte. Weit entfernt – wie in einem Traum – hörte er Theo etwas sagen. Er glaubte, eine Frage zu hören, und verstand, dass er antworten sollte, schaffte es aber nicht. Ich muss nachdenken. Ich muss …

»Ja, ja«, sagte Theo. »Du musst mir nicht gleich antworten. Du kannst in Ruhe darüber nachdenken. Ich spiele dir derweil etwas vor. Wenn du willst.«

Die Laute umarmten Mikael warm und weich wie eine Sommerbrise. Er schloss die Augen erneut und versuchte, sich zu erinnern, was Theo gefragte hatte. »Willst du … willst …«

Es kam ihm vor, als würde sich die Musik von ihm entfernen. Der Klang wurde immer leiser, schwächer, dünner. Und dann war ihm, als würde jemand nach ihm rufen. Weit entfernt an der Grenze zum Unhörbaren. Und er schaffte es nicht zu antworten.

Ein Geräusch ließ ihn aufschrecken. Mikael fuhr in seinem Bett hoch.

Etwas bewegte sich draußen vor dem Fenster. Den Bruchteil einer Sekunde hatte er Angst, dass jemand versuchte einzubrechen. Aber schnell wurde ihm klar, was passierte.

»Theo!«, rief er leise. »Warte!«

Gespannt lauschte er auf Antwort. Aber das Einzige, was er hörte, war ein Kratzgeräusch an der Außenwand des Hauses. Danach war es ganz still.

XIII.

Ich gehe am Strand entlang.
Es ist nicht, wie es war,
am Strand entlangzugehen.

Tomas Tranströmer
»Östersjöar«

Mikael zog den Stuhl unter dem Esstisch hervor und setzte sich neben Tina.

»Hast du bist jetzt geschlafen?«, fragte sie ihn und schaute auf die Uhr.

»Ja, ich bin erst vor einer halben Stunde aufgewacht. Bist du allein?«

Sie nickte.

»Wo ist Theo?«

Tina streckte sich nach dem Wasserkessel. »Keine Ahnung. Als ich aufgewacht bin, hat er schon gefrühstückt gehabt, und als ich dann runterkam, hat er sich von Mutter das Fahrrad ausgeliehen und ist losgefahren. Ich weiß nicht, wohin. Warum?«

Mikael zuckte mit den Schultern. »Och, nur so. Gibst du mir bitte mal die Butter?«

Er klopfte an die Tür der kleinen Hütte, obwohl er sich sicher war, dass niemand zu Hause war. Als es drinnen still blieb, nahm er einen Schreibblock aus seinem Rucksack, riss eine Seite heraus und schrieb einen Gruß für Joakim und Petr darauf. Den Zettel faltete er und klemmte ihn im Türschlitz fest. Schließlich ging er um die Hütte herum, zwängte sich zwischen den Büschen hindurch und kletterte über den Zaun und die alte Steinmauer. Nun stand er auf der Heide.

Ein Mäusebussard kreiste über den mit Gras bewachsenen Felsen. Mikael folgte ihm mit seinem Blick, dann ging er nach Norden den Hügel hinauf. Während er sich auf einem schmalen Pfad durch die dichten Wacholdersträucher schlängelte, dachte er an Theos nächtlichen Besuch. Es fühlte sich immer noch so an, als hätte er das alles nur geträumt. Ein Gefühl, das durch das Tageslicht und den klaren blauen Sommerhimmel nur verstärkt wurde, durchdrang die bruchstückhaften Erinnerungen. Und dennoch fühlte er immer noch den Geschmack und die Berührung von Theos Lippen auf den seinen. Wie ein Brandzeichen.

Da hörte er ein Geräusch, das ihn stehen bleiben ließ. Er sah gerade noch ein aufgeschrecktes Kaninchen, bevor es zwischen den Büschen verschwand. Der Milchhase. Mikael wendete sich um und sah über den Abhang hinunter zum Meer. Er suchte den Mäusebussard am Himmel, aber der war nirgendwo mehr zu sehen. Ein Bus fuhr in den bereits halbvollen Parkplatz hinter den Hütten und dem Café ein, und Mikael erinnerte sich, dass er einen Aushang gesehen hatte, dass heute eine Schnitzeljagd stattfinden würde.

»Schnitzeljagd«, murmelte er vor sich hin. Wie langweilig. Andererseits ist es manchmal vielleicht auch ganz schön, einer von anderen gewählten Bahn zu einem geheimen Ziel folgen zu müssen Zumindest ist es bequem.

Er nahm seinen Spaziergang wieder auf. Eine Weile lang registrierte er die Natur um ihn herum – Vögel und Schmetterlinge, Blumen und Büsche –, aber bald erfüllten seine Gedanken wieder die Erinnerungen an das, was in der Nacht geschehen war. Theo. Mikael war so überrascht gewesen, aufzuwachen und Theo an seiner Bettkante vorzufinden. Und dennoch war das Geschehene so selbstverständlich gewesen, irgendwie vorbestimmt. Wenn er nur etwas wacher gewesen wäre. Er berührte seine Lippen mit den Fingern. Fast sehnsüchtig. Als hätte er sich bereits an die Küsse gewöhnt.

Der Pfad näherte sich wieder den Klippen und kurz darauf teilte er sich. Mikael konnte entweder geradeaus am Abgrund entlang wei-

tergehen oder Richtung Wald und den höchsten Teil des Hügels ab-
biegen. Er wählte den Aufstieg und begann langsam den sehr steilen
Pfad zu erklimmen. Etwa zehn Meter weiter blieb er schon stehen,
drehte sich um und blickte auf das Meer hinaus. Seine Gedanken
kreisten wieder um Theo. Einen Augenblick lang glaubte er sogar,
ihn riechen zu können, deutlich und klar, als stünde er nah bei ihm,
und plötzlich wurde ihm schwindlig. Er setzte sich auf einen Baum-
stumpf und lächelte.

»Das ist erst einmal zuvor passiert«, murmelte er.

In der Parallelklasse hatte es einen Jungen gegeben, Robin. Sie
gingen schon seit Wochen in dieselbe Klasse, aber Mikael hatte ihn
eigentlich erst im Herbst richtig wahrgenommen. Er folgte Robin
mit Blicken, als er vorbeiging, betrachtete sein Haar, seinen Körper,
beobachtete, wie er sich bewegte. Sinnlich und still, fast wie ein Tier.
Und weil sie eines Tages beide im Gang auf etwas warteten, kamen
sie miteinander ins Gespräch. Robin fragte ihn etwas – wie spät es sei
oder so etwas –, und als Mikael ihm antwortete, hatte er ein Lächeln
abgefeuert, das einen locker hätte umhauen können. Obwohl Mikael
völlig aufgewühlt war, schaffte er es, sein Lächeln zu erwidern.

Etwas später saßen sie bei einer Filmvorführung in der Aula nebeneinander. Als das Licht ausging, lehnte sich Robin zu ihm hinüber
und flüsterte ihm etwas über den Film zu, den sie gleich sehen würden. Mikael fühlte den heißen Atem auf seiner Wange und nahm die
Nähe seiner Lippen und seines Körpers wie Elektrizität in der Luft
wahr. Er musste dem widerstehen und war dankbar dafür, dass die
Aula bereits abgedunkelt war. An den Film erinnert er sich gar nicht
mehr.

In den darauffolgenden Wochen träumte er von Robin. Tag und
Nacht. Er spielte sogar mit dem Gedanken, ihn anzurufen, traute
sich dann aber nicht. Bis er ihm eines Tages zusammen mit einem
Mädchen begegnete. Mikael versuchte, an ihnen vorbeizugehen, so
zu tun, als hätte er es eilig, aber Robin hielt ihn am Arm fest – die
Berührung traf ihn wie ein Schlag – und bat ihn, stehen zu bleiben.

»Hallo, Micke! Das ist Lisa, meine Freundin«, sagte Robin und legte ihr demonstrativ den Arm um die Schulter.

Einmal. Und doch nicht.

Mikael stand auf und wollte gerade weitergehen, als er etwas erblickte. Eine Blindschleiche. Sie lag mitten auf dem Weg in der Sonne. Er hockte sich nieder, um das braun glänzende Wesen näher zu betrachten, bevor er den Hang weiter hinaufging. Wieder kam er nur einige Meter weit, bevor er erneut über ein Reptil stolperte. Diesmal war es eine kleine, fast schwarze Viper.

Mikael lächelte. Was passiert mit meinem Leben?, dachte er. Es beginnt mehr und mehr einem Lustgarten mit Schlangen und Versuchungen zu ähneln.

Er hatte fast eine Stunde gebraucht, um auf den Knösen, den höchsten Punkt des Berges, hinaufzukommen. Nun saß er an einem hölzernen Picknicktisch mit dem Rest seines Proviants vor sich. Er schaute über den Kattegatt hinaus; es war knapp ein Kilometer bis zum Strand. Die Sonnenstrahlen reflektierten von der Wasseroberfläche, die aus dieser Perspektive fast still wirkte, blank wie ein Spiegel. Er blinzelte gegen das grelle Licht an und dachte an Tina und ihre Erzählung über das viel zu stille Wasser. Dann wendete er sich dem Landesinneren zu. Unterhalb des Hügels breiteten sich die Äcker und Wiesen aus; weiche Täler und Senken waren unterschiedlich grün schattiert. Weit entfernt sah er mehrere Häuser und mit Hilfe des Fernglases sogar eine Kirche. Er erinnerte sich an die Aussicht von seinem Zimmer im Stockholm. Hier in Südschweden befand man sich wirklich in einer anderen Welt.

Ein ungewöhnlich großer Mäusebussard tauchte plötzlich über dem Wald auf; in weiten Zirkeln kreiste er über dem offenen Feld wohl auf der Suche nach Beute. Mikael befand sich so hoch oben, dass er den Vogel von der Seite betrachten konnte. Er sah die breiten dunkelbraunen Flügel und den kurzen ausgebreiteten Schwanz. Plötzlich kam der Vogel näher, und durch das Fernglas bekam Mikael einen guten Blick auf den kräftigen, gebogenen Schnabel und die spähenden Augen. Ein paar Flügelschläge später war der Raubvogel schon wieder dort, wo er ihn zuerst gesehen hatte, über den Baumspitzen schwebend auf der anderen Seite der Wiese.

Mikael bückte sich unter einigen Ästen hindurch, um über die zerfallene Mauer klettern zu können. Im nächsten Augenblick sah er Joakim. Der winkte durch das große Küchenfenster, und Mikael sah, wie seine Lippen Petrs Namen formten, während er ins Schlafzimmer rief.

Mikael hüpfte von der Mauer, überquerte den kleinen Rasen und betrat die Veranda.

Petr öffnete die Tür. Er zeigte ein breites Lächeln, als er Mikael sah. »Hallo, Mikael! Wir sind gerade zurückgekommen und haben deinen Brief gefunden. Wann warst du hier?«

Mikael schaute auf seine Uhr. »Ja, das ist schon einige Stunden her. Vielleicht um zwölf. Ich war ziemlich lange oben auf dem Knösen.«

Joakim kam zur Tür. Er nickte Mikael zu und fragte, ob er eine Tasse Kaffee wolle.

»Ja, gerne. Das wäre klasse.«

Joakim setzte sich mit seiner Tasse an den Rand der Terrasse und schaute auf die Heide hinaus.

»Tja, leider müssen wir diesen Ausblick bald aufgeben. Ich werde ihn vermissen.«

Mikael hatte seinen Kaffee kaum probiert. »Warum?«, fragte er und versuchte erneut, das viel zu heiße Getränk zu trinken.

»Wir fahren morgen nach Hause. Du scheinst überrascht.«

»Morgen? Ich wusste das nicht.«

»Ich fange Donnerstag schon wieder an zu arbeiten«, erzählte Petr. »Und vorher müssen wir noch nach Malmö, etwas erledigen. Ich dachte, du wüsstest das. Ach so, ja. Wir haben Theo unten am Margretetorp getroffen und ihm versprochen, dass er mit uns nach Malmö fahren kann.«

Mikael war noch mehr überrascht. »Nach Malmö? Was will er denn da?«

Petr begegnete seinem Blick. Er wirkte fast ein wenig beunruhigt, als er antwortete. »Nach Hause fahren. Nach Kopenhagen. Wusstest du das etwa auch nicht?«

Nun fühlte sich Mikael komplett überrumpelt. Er konnte Petrs Blick nicht standhalten und schaute weg, dann schüttelte er den Kopf.

Petrs Stimme wurde weich und langsam. »Er sagte, dass er beschlossen hätte, nach Hause zu fahren. Er wollte ein paar Tage Ruhe haben, bevor die Schule wieder losgeht. Als wir erzählt haben, dass wir morgen nach Hause fahren und den Umweg über Malmö machen, hat er gefragt, ob er mitfahren darf.«

Mikael stellte die Tasse ab und stand auf. Ihm war ein wenig schwindlig.

Auch Petr stand auf; er stellte sich neben Mikael und legte ihm einen Arm auf die Schulter. »Was ist los? Ist dir nicht gut?«

»Nö … ist schon okay. Tut mir leid, mir ist nur ein wenig schummrig vom Aufstehen. Das ist alles.« Mikael fühlte sich den Tränen nahe. »Ich muss nach Hause. Um wie viel Uhr fahrt ihr morgen los?«

»Ich denke, so gegen zwölf. Wir kommen aber bei euch vorbei, um Theo einzuladen.«

Mikael schaute auf die Uhr. Es war kurz nach sechs. »Ich muss los. Tut mir leid, aber ich kann den Kaffee nicht austrinken. Bis morgen.«

»Soll ich dich heimbringen?«, fragte Petr. Er wirkte beunruhigt.

»Nein, nein, ich bin doch mit dem Fahrrad hier. Bis morgen. Tschüs!«

»Tschüs, Mikael. Fahr vorsichtig!«

Die anderen waren gerade mit dem Abendessen fertig, als Mikael zum Hof zurückkehrte. Tina und Erik waren dabei, den Tisch abzuräumen, während Elisabet sich daran machte, Kaffee zu kochen. Theo war nicht da.

»Wo bist du denn den ganzen Tag gewesen?«, fragte Tina.

»Auf dem Knösen. Und dann habe ich bei Petr und Joakim vorbei-
geschaut. Wusstest du, dass sie morgen heimfahren? Mit Theo?«

»Ja, ich wusste, dass Petr und Joakim fahren würden. Das haben
sie mir beim Klettern erzählt. Aber dass Theo mitfährt, habe ich auch
erst heute erfahren.«

»Es gibt noch Essen für dich«, warf Erik ein. »Soll ich dir was warm
machen?«

Erst wollte er ablehnen, aber dann sah er ein, dass sein Schwindel-
gefühl auch darauf zurückzuführen war, dass er seit dem Frühstück
nichts Ordentliches mehr gegessen hatte. Der Proviant auf dem Knösen hatte nur aus einer Kleinigkeit bestanden.

»Ja, danke. Gerne. Ich habe einen Mordshunger.« Er wendete sich
wieder Tina zu. »Wo ist Theo jetzt? Ist er immer noch mit dem Bike
unterwegs?«

»Nein, nein. Er hat ja mit uns gegessen. Ich glaube, er wollte packen. Aber das wird wohl nicht so lange dauern. Warum?«

»Och, nur so.«

Tina zuckte mit den Schultern. »Du fragst heute schon zum zweiten Mal nach ihm, und trotzdem behauptest du, dass es keinen besonderen Grund gibt. Wie gesagt, er ist in seinem Zimmer. Falls du
ihn suchst.«

Die Uhr auf der Mikrowelle machte »ping«, das Essen war warm.
Ich werde später mit ihm sprechen, dachte Mikael und setzte sich an
den Esstisch.

Er lag auf seinem Bett mit den Armen unter dem Kopf. Draußen
wurde es langsam dunkel, aber Mikael hatte noch immer kein Licht
angemacht. Das einzige Licht kam von der schwach beleuchteten
Frequenzskala des alten Radios auf dem Schreibtisch. Eine Frau mit
tauber, beruhigender Stimme sagte Nachtmusik an, für all jene, die
nicht schlafen wollten oder konnten.

Mikael dachte an den vergangenen Abend. Es war fast lächerlich.
Nach dem Abendessen war er mehr und mehr zu einer Theatervor-

stellung geworden, zu einer tragischen Komödie, in der ihm selbst das Unglück zukam, die Hauptrolle zu spielen, mehr oder weniger gegen seinen Willen. Drei Stunden lang versuchte er, an Theo heranzukommen. Vergeblich. Während des Essens hörte Mikael Theo in seinem Zimmer Gitarre spielen, unter anderem das Stück, das ihn an diesen Jazz erinnerte. Aber sobald er aufgegessen und Kaffee getrunken hatte, war die Gitarre verstummt und Theo ins Badezimmer verschwunden. Mikael stand eine Weile vor der verschlossenen Tür, lauschte den Wasserhähnen – die mit einem donnernden Geräusch, das den Boden vibrieren ließ, die Badewanne füllten – und dachte darüber nach, ob er anklopfen sollte. Aber stattdessen setzte er sich zu Erik und Elisabet vor den Fernseher, um auf Theo zu warten. Sobald er aufs Sofa gefallen war, kam die Katze, als hätte sie auf der Lauer gelegen und nur darauf gewartet, dass Mikael kommt. Knapp eine halbe Stunde später war Theo mit dem Baden fertig. Aber im selben Augenblick, als Mikael hörte, wie die Badezimmertür aufging, läutete das Telefon – Helena.

Sie sprachen lange. Sicher über anderthalb Stunden, zumindest kam es Mikael so vor. Und sobald er aufgelegt hatte, wollten Erik und Elisabet wissen, wie es seiner Mutter ging. Pflichtbewusst setzte er sich zu ihnen und wiederholte die Unterhaltung, so gut es ging. Danach konnte er endlich zu Theo gehen.

Ein Blick auf die Uhr zeigte ihm, dass es spät geworden war. Hinter der verschlossenen Tür war es totenstill. Mikael klopfte leise an. Einmal, dann noch einmal, aber keine Antwort. Dann öffnete er die Tür.

Das Rollo war heruntergezogen, und es dauerte eine Weile, bevor Mikaels Augen sich an die Dunkelheit gewöhnt hatten. Dann sah er, dass Theo auf seinem Bett lag. Die geschlossenen Augen und die regelmäßigen Atemzüge verrieten ihm, dass er bereits schlief. Vielleicht sollte ich ihn wecken?, fragte sich Mikael. Aber genau in diesem Augenblick tauchte Elisabet auf.

»Schläft er?«, flüsterte sie und nickte auf die offene Tür.

»Ja, antwortete Mikael leise. Nun konnte er schlecht zu ihm ins Zimmer schleichen. Er schloss die Tür und ärgerte sich.

Jetzt lag Mikael unruhig auf seinem Bett. Die Ballade einer Rockgruppe, deren Namen ihm nicht einfallen wollte, erschallte, und die Frau mit der warmen Stimme machte wieder eine Ansage. Mikael entdeckte, dass er mehr ihrem Tonfall lauschte als dem, was sie sagte. Die Gedanken schwirrten wieder in seinem Kopf herum; Theo, der Kuss, der nächste Tag, Helena und wieder Theo. Er erinnerte sich deutlich an den Refrain des Liedes, mit dem Theo ihn geweckt hatte. Er versuchte, sich an die Melodie zu erinnern, wurde aber gestört von dem Intro eines seiner Lieblingslieder, das aus den Lautsprechern an seine Ohren drang. Er schloss die Augen und lächelte erwartungsvoll, aber dann schlief er ein, noch bevor der Sänger anhob zu singen.

XIV.

Kiss me goodbye
Pushing out before I sleep
Can't you see I try
Swimming the same deep water
as you is hard

Robert Smith
»The same deep water as you«

E r öffnete eine Tür und ging nach draußen ins Freie. Der Boden war feucht; hohes und saftiges dunkelgrünes Gras hier und dort von Pfützen bedeckt, die silbern und still wie matte Spiegel glänzten. Mikael drehte sich um und schaute zurück durch die Tür nach drinnen. Dort war es dunkel, und noch bevor sich seine Augen daran gewöhnen konnten, wurde die Tür von einer unsichtbaren Kraft geschlossen.

Stimmen forderten ihn auf, den nassen Boden zu überqueren. Er wusste nicht, wohin er sollte, und auch die Stimmen verrieten es ihm nicht. Er wusste nur, dass er auf die andere Seite musste.

Plötzlich stand er auf dem sumpfigen Boden. Er balancierte über schmale Stege, die die festeren Flächen miteinander verbanden. Obwohl das Wasser dunkel war, konnte er einen Boden weit unter sich erahnen. Er spürte, wie ein Grasbüschel unter seinen Füßen nachgab, und sprang eilig weiter. Dann bekam er plötzlich furchtbare Angst und blieb stehen. Vor ihm im Gras spielten ein paar Kinder. Er hörte, wie sie vertraut miteinander tuschelten, bevor sie in lautes Gelächter ausbrachen. Sie schienen von der Gefahr dieses Sumpfes völlig ungerührt, er selbst aber traute sich keinen Schritt mehr zu gehen.

»Papa!«, rief er laut und langgezogen.

Risto erschien wenige Meter von ihm entfernt.

»Was ist? Hast du Angst?«

Mikael nickte.

Risto breitete seine Arme aus. »Es gibt keinen Grund, Angst zu haben. Jedenfalls nicht hier. Alles ist friedlich und wartet auf dich. Und so lange du dich bewegst, hast du nichts zu fürchten. Nur wenn du stehen bleibst, kann es gefährlich werden.

Mikael deutete auf die Kinder. »Aber die da?«

Sein Vater lächelte und schüttelte seinen Kopf. »Die haben auch keinen Grund, Angst zu haben. Es sind ja nur Kinder.«

Und dann war er plötzlich weg.

Mikael ging weiter. Er glaubte, dass ihm die Kinder etwas zuriefen, wagte aber nicht, stehen zu bleiben, um nachzufragen. Und so kam er endlich auf die andere Seite, wo er wieder festen Boden unter die Füße bekam.

Ein kleiner grauer Frosch hüpfte vor ihn hin. Mikael lächelte erleichtert und schaute zu, wie er in das feuchte Gras hineinhüpfte. Und die Wogen des stürmischen Meeres spritzten ihm auf die Füße.

Mikael erschrak, fiel rücklings hin – und erwachte.

Es regnete.

Er stand am offenen Fenster und schaute auf den Feldweg hinaus. Zwischen dem Pestfriedhof und dem Kastanienbaum hatten sich entlang des Wegs große Pfützen gebildet. Damals als Kinder liefen er und Tina immer in Stiefeln hindurch. Oder sie nahmen Anlauf mit dem Fahrrad und radelten in voller Fahrt durch die schmutzbraune Brühe, sodass sie spritzte. Er würde wehmütig, wenn er daran dachte. Es kam ihm so vor, als wäre das Leben damals leichter gewesen. Einfacher. Aber vielleicht schien das nur so, weil seine Empfindung immer noch gefärbt war von dem traurigen Ereignis im Frühjahr.

Mikael verließ das Fenster, schaltete das Radio aus, das die ganze Nacht gelaufen war, und ging ins Bad, das sich am anderen Ende des ausgebauten Dachgeschosses befand. Es war besetzt; hinter der verschlossenen Tür summte jemand zu einem Schlager. Mikael ging in sein Zimmer zurück, ließ aber die Tür offen, damit er hören konnte, wenn das Bad frei wurde.

Es war Nachmittag. Es regnete nicht mehr, aber die Feuchtigkeit hing immer noch schwer in der Luft. Mikael und Tina radelten zum Strand mit den vielen Steinhaufen. Sie schlossen die Fahrräder an und gingen auf die breite Landzunge hinaus.

Mikael schaute sich um. Die Kühe waren an diesem Tag irgendwo anders, aber am Strand, einige hundert Meter nördlich von ihnen, waren zwei Menschen damit beschäftigt, einen Hängegleiter zusammenzubauen.

Sie setzten sich neben den großen Stein, auf dem Mikael beim letzten Mal gesessen hatte.

»Sind das Gräber da drüben?«, fragte er und nickte in Richtung eines Steinhaufens.

»Meinst du einen Grabhügel? Nee, das glaube ich nicht. Aber wir können Erik später fragen. Der weiß das vielleicht.«

»Grabhügel?«, erwiderte Mikael. Stand da nicht Grashügel auf dem Schild am Parkplatz?«

»Ja, ich weiß. Einige nennen sie so, andere anders. Mein Vater hat immer Grabhügel gesagt. Ich weiß nicht, was richtig ist oder woher das Wort überhaupt stammt. Jemand hat erzählt, dass die Steine schon seit der Bronzezeit hier liegen, aber ich bin mir nicht sicher, ob das stimmt.«

»Seltsamer Name«, murmelte Mikael.

»Welcher?«

»Beide eigentlich.«

Sie schwiegen. Mikael dachte an Theo. Das Gefühl, von dem er noch am Abend erfüllt gewesen war, schien an diesem Morgen, dem Abreisetag, wie weggeblasen. Nach dem Duschen und Frühstücken hätte es mehrere Möglichkeiten gegeben, um mit Theo zu sprechen, aber plötzlich war es Mikael nicht mehr so wichtig gewesen. Natürlich sprach er mit Theo, er hatte sich sogar draußen in der Einfahrt verabschiedet, bevor Theo auf die Rückbank von Joakims Auto geklettert war. Er war dabei sehr zurückhaltend, gab sich sogar reserviert. Schließlich machte sich Theo auf den Heimweg. Und bald würde auch Mikael nach Hause fahren …

Die Erinnerung an Theo mit der Gitarre an seiner Bettkante war plötzlich sehr lebendig, und Mikael konnte deutlich seine Sehnsucht nach Theos Lippen spüren. Als hätten sich seine Lippen schon an Theos Küsse gewöhnt. Mikael versuchte, an etwas anderes zu denken.

Er wendete sich Tina zu und schaute sie an. Sie hatte einen Stein vom Boden aufgehoben, den sie nun langsam in der halb geschlossenen Hand hin und her rollen ließ. Mikael lachte.

»Woran denkst du?«

»Ich glaube, dass wir hier Steine sammeln werden, solange wir leben«, sagte er, noch immer lachend. »Scheint, als würde uns das nie langweilig werden. Oder?«

Tina nickte und schaute auf das Meer hinaus.

»Es wird uns nicht langweilig«, wiederholte sie.

Mikael schaute auf den nördlichen Teil des Strandes. Das Paar mit dem Hängegleiter hatte nun die Anhöhe erklommen. Der eine war mit Helm und Gurtzeug ausstaffiert, es schien, als machte er sich bereit abzuheben.

»Du magst Theo, nicht wahr?«

Mikael fühlte, dass er rot wurde. »Ja, schon. Er ist … nett«, antwortete er, ohne den Blick von dem Hängegleiter zu nehmen.

»Ich finde, dass er verdammt gut aussieht«, sagte Tina.

In Mikaels Ohren klang es fast so, als würde sie seine Aussage korrigieren.

»Hast du dir seine Adresse geben lassen?«, fragte sie nach.

»Klar. Auch die von Petr und Joakim. Das ist ganz schön doof, dass sie alle gleichzeitig abgereist sind.«

»Meinst du, dass du ihnen schreiben wirst?«

Ihre Blicke trafen einander.

»Ich glaube schon«, antwortete er. »Sobald ich nach Hause komme.«

»Wann willst *du* eigentlich fahren?«

»In zehn Tagen«, antwortete Mikael. »Ich hab mit Helena gestern darüber gesprochen. Sie möchte, dass wir wenigstens eine Woche zusammen haben, bevor die Schule wieder anfängt. Sie möchte mit mir in eine Stuga nach Blidö fahren.«

»Nach Blidö? Kennt ihr jemanden mit einer Hütte dort?«

»Ich nicht, aber meine Mutter. Der Typ, der am Telefon war, als ich angerufen habe. Ihr Schulfreund. Gestern hat sie mir erzählt, dass sie viel Zeit miteinander verbringen. Christian heißt er. Er ist seit einem Jahr Witwer. Ich nehme an, dass er sie tröstet.«

»Woran ist sie gestorben? Seine Frau, meine ich.«

»Das weiß ich nicht. Ich hab nicht gefragt.«

»Sind sie jetzt zusammen? Ich meine ... hat sie was gesagt?«

»Ich habe sie gefragt«, antwortete Mikael, »und sie hat gesagt, dass sie vor allem Freunde sind, und dass sie nicht weiß, wohin das führt. Aber sie will, dass ich ihn kennenlerne. Sie sagt auch, dass sie für ein Verhältnis nicht bereit ist. Der bloße Gedanke daran, mit einem anderen als Risto zusammen zu sein, wäre ihr nicht geheuer, hat sie gesagt. Nicht immer, natürlich. Aber manchmal. Es ist viel zu früh. Mein Vater ist irgendwie immer noch da.« Mikael blickte in den Himmel und fuhr fort. »Ich hab übrigens letzte Nacht schon wieder von ihm geträumt. Er hat mich beruhigt, als ich Angst gehabt habe. Komisch. Am Anfang, gleich nach seinem Tod, hat es mich traurig gemacht, von ihm zu träumen. Inzwischen macht es mich froh. Na ja, vielleicht nicht gerade froh, aber es fühlt sich zumindest gut an. Als ob er nicht ganz verschwinden will. Als ob er nicht richtig sterben könnte. Das ist seltsam. Und auf eine Weise auch schön.«

Sie hörten jemanden rufen, standen auf und schauten landeinwärts.

Es war niemand zu sehen außer dem Hängegleiter, der gerade den Hügel hinter sich gelassen hatte. Einen kurzen Augenblick schien es, als würde er gleich auf den steinigen Strand fallen, aber dann hob es ihn hoch, und er stieg einige Meter in die Luft. Der knallgelbe

Gleiter leuchtete in der Sonne, darunter zeichnete sich die Silhouette des Piloten ab wie ein kleiner schwarzer Körper im Gegenlicht. Das fliegende Fuhrwerk ähnelte einem gigantischen prähistorischen Schmetterling, und Mikael musste an den Birkenspanner in seinem Fenster denken.

»Das sieht wirklich klasse aus«, sagte Tina, und in ihrer Stimme schwang Begeisterung. »Ich hab richtig Lust, das mal auszuprobieren.«

Michael lachte. »Warum hast du ständig Sehnsucht nach gefährlichen Unternehmungen?«

Tina zuckte mit den Schultern. »Weiß nicht. Vielleicht, weil ich über den Tellerrand hinauschauen will. Über mein Dasein. Ich habe so ein Bedürfnis«, antwortete sie ernst. Dann brach sie in Gelächter aus. »Ich scherze nur. Aber klingt gut, oder? Nee, Micke, ich hab keine Ahnung, warum. Ich kann mir nur vorstellen, dass es klasse ist, so zu fliegen. Man muss doch auch mal was riskieren. Sonst ist doch alles furchtbar langweilig. Findest du nicht? Schau! Wie schnell er über das Wasser hinausgekommen ist. Wer weiß, vielleicht kann man bis nach Hallands Väderö rausfliegen und die Hirschkäfer sehen.«

»Weiß Robert, dass sie nach Hause gefahren sind?«, fragte Mikael auf dem Weg zurück zu den Fahrrädern.

»Ja, ich hab es ihm erzählt«, antwortete Tina. »Er wäre gerne vorbeigekommen, um sich zu verabschieden, aber er muss heute arbeiten.«

Sie sattelte auf und schaute zurück auf den Strand. Der Hängegleiter war nur mehr ein hellgelber Fleck in sehr weiter Ferne.

»Ich treffe mich heute Abend mit ihm. Wir … wir müssen reden. Im Grunde mögen wir uns ja. Es ist total dämlich, dass wir nicht miteinander klarkommen.«

»Aber … willst du denn mit ihm zusammen sein?«

»Ich weiß nicht. Wie gesagt, wir mögen uns doch. Zumindest fehlt er mir sehr.«

Mikael erinnerte sich an etwas, das Petr an den Klippen gesagt hatte. »Petr meint, man soll alle Möglichkeiten nutzen, jemanden zu lieben«, sagte er. »Weil wir die Liebe niemals suchen können. Nur aufmerksam sein, wenn sich die Gelegenheit bietet. Und die Möglichkeiten nutzen.« Tina lächelte.

»Warum lachst du? Findest du das albern?«

Sie schüttelte den Kopf. »Nein, kein bisschen. Es klingt sogar schön. Und sicher stimmt es auch. Es ist nur ein wenig komisch, wenn du das sagst«, antwortete sie und begann, den Hügel hinaufzuradeln.

Mikael fühlte, dass er rot wurde, und war deshalb froh, dass sie ihn nicht sehen konnte. »Was meinst du?«

Sie war sieben, acht Meter von ihm entfernt, als sie sich umdrehte und rief. »Du bist ein wenig langsam für einen jugendlichen Liebhaber. Trotzdem bin ich mir sicher, dass du genau weißt, wovon ich spreche, Micke. Ganz sicher.«

Er saß auf seinem Lieblingsplatz auf der Mauer und schaute über die Äcker hinweg. Tina war nach dem Abendessen zu Robert gefahren, Elisabet und Erik besuchten Freunde in Båstad. Er fühlte sich ein wenig zurückgelassen.

Aska kam mit einem dreckigen Stück Holz im Maul angelaufen und bettelte, er solle mit ihr spielen, aber Mikael hatte keine rechte Lust. Ein paarmal warf er das Holz auf die Weide auf der anderen Seite der Mauer hinaus. Die Hündin raste hinterher, um zu apportieren, aber nach Weile wurde es auch ihr langweilig. Vielleicht fühlte sie auch, dass Mikael nicht wirklich dazu aufgelegt war. Sie legte sich mit dem Holzstück vor die Leiter am Kirschbaum und fing an, eifrig daran herumzubeißen, als wäre es ein saftiger Knochen.

Mikael schaute auf die Leiter. »Wie bei Shakespeare.« Hatte Theo das nicht gesagt? Mikael fragte sich plötzlich, ob bei Shakespeare überhaupt jemand mit einer Leiter zu seinem Geliebten ins Fenster klettert. Romeo kletterte zwar zu Julia, aber zu einem Balkon hinauf und wohl kaum mithilfe einer Leiter.

Ob es bei Shakespeare auch eine Szene mit einem jungen Mann gab, der zusammengekauert auf einer Mauer saß und nicht wusste, was er mit seinem Leben anfangen sollte? Hamlet vielleicht? »Sein oder nicht sein«, murmelte Mikael. Es ist doch klar, dass man sein muss. Etwas anderes wäre unvorstellbar. Nicht mal, als er nach dem Tod seines Vaters so unendlich traurig gewesen war, hatte Mikael sich gewünscht, tot zu sein.

Die Frage ist doch eher, *wie* man sein sollte. Und wo man die Stärke hernahm, der zu sein, der man eigentlich ist? Wie sagte Petr noch? Es ist so viel einfacher weiterzugehen, wenn man jemanden an seiner Seite hat. Ungefähr so hatte er sich ausgedrückt. Petr wirkte so sicher in seiner Beziehung zu Joakim. Helena und Risto waren einander auch sicher gewesen, und diese Sicherheit zerschlug sich mit einem Unglück, das Risto das Leben gekostet hatte. Ja, dachte Mikael, es stimmt wohl, was Petr sagte. Man muss die Gelegenheiten beim Schopf packen.

Mikael stand auf und sprang auf den Rasen hinunter. Aska schreckte hoch und begann wie wild, mit dem Schwanz zu wedeln und zu bellen.

»Komm!«, rief er ihr zu. »Komm, wir laufen auf den Berg rauf. Ich muss endlich wach werden.«

Es war warm und muffig in seinem Zimmer, als er am späten Abend zurückkam. Mikael hatte das Fenster geschlossen, nachdem es am Vormittag so stark geregnet hatte.

Er kickte die Schuhe von den Füßen und ging ans Fenster, um frische Luft hereinzulassen. Aber sobald er den Griff in die Hand nahm, fühlte er, dass sich etwas verändert hatte. Er schaute sich um, sah aber nicht, was es sein könnte. Dann drehte er den Griff herum, und in dem Augenblick sah er, dass der Schmetterling verschwunden war. Winzige Reste vom Flügel lagen noch dort, wo der Schmetterling einst gelegen hatte, aber der Rumpf und die Flügel selbst waren weg.

Mikael schaltete die Schreibtischlampe an, um festzustellen, ob das Fenster geputzt worden war, aber nichts deutete darauf hin. Wie konnte der Schmetterling dann verschwunden sein? Mikael richtete die Lampe auf das Fenster und versuchte, eine Öffnung zu finden, durch die ein Insekt hätte eindringen und den toten Schmetterling verspeisen können, aber das Fenster schien rundherum fest abgeschlossen zu sein.

»Seltsam«, flüsterte Mikael. Er hatte es von Anfang an seltsam gefunden, dass sich ein Schmetterling darin befunden hatte, eingeschlossen in einem Doppelglasfenster. Dass er nun auf unerklärliche Weise verschwunden war, machte die Sache kein bisschen weniger merkwürdig.

Die kühle Nachluft kroch durch das offene Fenster herein. Mikael fröstelte ein wenig und schlüpfte unter die Decke. Er schaltete das Radio an. Er hoffte, die Frau mit der warmen Stimme würde auch an diesem Abend durch das Programm führen, aber jemand anderes sagte die Nachtmusik an – neutral und irgendwie gedämpft.

Mikael hörte einen Wagen herannahen und öffnete die Augen. Scheinwerfer erleuchteten die Krone des Kastanienbaums, als das Auto über die Querrinnen fuhr. Kurz darauf blieb es im Hof stehen, und die Haustür öffnete sich. Mikael hörte gedämpfte Stimmen. Es mussten Robert und Tina sein, dachte er und schloss die Augen wieder. Die Radiostimme begann über Sterne zu sprechen und über die Reisenden, die in alten Tagen mit ihrer Hilfe navigierten. Bald sprach sie nur noch über Reisen. Reisen in Zeit und Raum.

Der Wagen unten auf dem Hof startete wieder, die Tür schlug zu, und dann fuhr er los.

Die Radiostimme verstummte, ein Waldhorn hob zu einem Intro an. Andere Instrumente fielen ein, und nach einer Weile auch Gesang; eine weiche und fast kreidige Männerstimme.

»There was a boy, a very strange enchanted boy …«

Mikael merkte, wie sich der Schlaf an ihn heranschlich. Er versuchte, auf den Liedtext zu achten, konnte sich aber nicht konzentrieren.

Die Müdigkeit nahm überhand. Er strengte sich an, die Worte auseinanderzuhalten; was hatte er noch gesungen?

»... *and while we spoke of many things, fools and kings, this he said to me* ...«

Der Song machte eine Pause nach dem ersten Vers, und ein Piano mit einem verträumten, fast verzauberten Klang setzte zu einem kurzen Solo an. Dann kam die Melodie zurück, und die Worte, mit denen der erste Vers zu Ende gegangen war, erklangen erneut.

»... *the greatest thing you'll ever learn, is just to love and be loved in return.*«

XV.

Und so plötzlich, mitten während eines Schritts
entdeckt man: Es gibt ihn.
Wann hat sich alles geändert, wann begann alles zu entgleiten?
Man weiß es nicht mehr.
Man weiß nur: Alles ist anders
und kann niemals mehr so werden.

Elvira Birgitta Holm
»Tillsammans«

Als er erwachte, fühlte er sich innerlich ganz warm, warm und froh. Und noch bevor er die Augen aufschlug – der Sonnenschein war gerade mal eine rötlich schimmernde Ahnung durch die geschlossenen Lider –, erinnerte er sich, dass er in der Nacht einen Entschluss gefasst hatte; er hatte gewählt, und mit einem Mal schien alles klar, so einfach.

Mikael schob die Decke von sich und stellte sich ans Fenster. Der Birkenspanner war und blieb verschwunden, aber das machte ihm nichts mehr aus. Draußen stand die Sonne bereits hoch, und die Pfützen, die sich am Vortag in den Löchern der Landstraße gebildet hatten, waren ausgetrocknet. Der einzige Beweis, dass es geregnet hatte, war all das Grün: Das Gras, die Büsche und die Baumkronen waren reingewaschen und ihre Farben satt und dunkel. Es war, wie in einer sinnlicheren Welt aufzuwachen, dachte er und lehnte sich hinaus. Ein großer lilafarbener Schmetterling weckte augenblicklich seine Aufmerksamkeit. Mikael hatte so einen noch nie gesehen; einen Augenblick lang kam er ihm ganz nah, und Mikael konnte deutlich die beiden augenförmigen Zeichen auf den Flügeln erkennen. Er glaubte auch, einige kleine weiße Flecken oder Striche darauf zu sehen. Dann flog der Falter um das Haus herum und war verschwunden.

Den hätte wohl nicht mal Risto erkannt, dachte Mikael und lächelte. Er fühlte sich wirklich in eine neue Welt hineingeboren.

Nach einer schnellen Dusche zog er sich T-Shirt und Shorts an und ging hinaus. Im Obstgarten saß Tina und las ein Buch. Auf dem Tisch vor ihr standen ein Becher und eine Thermoskanne. Als die Tür hinter ihm zuschlug, schaute sie auf und winkte ihm zu.»Guten Morgen!«, rief sie.

»Ich richte mir nur schnell ein Frühstück, dann komme ich zu dir«, rief Mikael zurück und verschwand in der Küche.

Er schraubte den Deckel der Thermoskanne auf und goss sich Kaffee ein.»Du auch, Tina?«

»Danke, nein.«

»Ich hab gehört, wie du letzte Nacht zurückgekommen bist. Wie war's bei Robert?«

Sie legte das aufgeschlagene Buch auf den Tisch und streckte sich, als wäre sie gerade erwacht. Mikael fand, dass sie der schwarzen Katze ähnelte.

»Schön«, antwortete sie.»Wir haben lange gequatscht und dann … Sex gehabt.« Sie lachte.»Das ist ziemlich lustig. Manchmal genügt das schon. Sex, meine ich. Dann braucht man nicht mehr so viel zu diskutieren. Es ist ein schneller Weg, um Probleme zu lösen. Findest du nicht?«

Mikael hob die Tasse an die Lippen und wartete bewusst mit seiner Antwort.»Vielleicht. Ich … ich kann das nicht so recht beurteilen«, antwortete er und fand, dass er wie ein verstaubtes Schulbuch klang. Er schaute über die Mauer auf das Feld hinaus.

»Du meinst, dass du noch nie Sex hattest?«, fragte Tina und zog eine Augenbraue in die Höhe.

Er wich noch immer ihrem Blick aus.»Ja, das weißt du doch«, murmelte er leise. Er ahnte, dass sie über ihn lächelte.

»Du solltest dich vielleicht selbst ein wenig an die Philosophie halten, die du verbreitest«, sagte sie freundlich, und Mikael kam sich wie ein kleines Kind vor. Tina streckte sich nach dem Buch.»Gerade hab ich was gelesen. Dabei hab ich an dich denken müssen. Etwas, das mich an das Isaac-Newton-Zitat im Fotoalbum erinnert hat. Mal sehen … ach ja, da ist es. *Ich habe keine Ahnung von dem Sinn des Lebens, aber wir alle erleben Stunden, in denen unser Leben bedeutungsvoll ist, da wir etwas spüren oder verstehen, das das Leben lebenswert macht. Einen Menschen, den ich traf, Worte, die ich schrieb, ein Brief, den ich erhielt, ein schöner Stein, den ich am Strand gefunden habe – genau das, und nichts anderes könnte die Bedeutung meines Lebens sein.«*

Sie schaute auf, nun begegneten sich ihre Blicke. »Ist das nicht schön? Wieder diese Demut, von der Erik gesprochen hat.«

»Ja, das ist schön«, erwiderte Mikael. »Was für ein Buch ist das?«

Sie hielt es so, dass er den Umschlag sehen konnte. »*Sternenwege von Peter Nilson.* Ich habe es im Frühjahr von Papa bekommen, habe aber erst jetzt damit angefangen. Es ist echt klasse. Du kannst es haben, wenn ich damit durch bin.«

Mikael nickte langsam. »Ja, das klingt echt interessant. Aber es wird wohl nichts daraus, weil ich … ich fahre morgen ab.«

»Was? Morgen? Wieso das denn?«

Er zuckte mit den Schultern. »Kann ich nicht erklären. Oder doch. Ich wollte noch ein paar Dinge erledigen, bevor ich mit meiner Mutter zu diesem Mann nach Blidö fahre.«

»Christian.«

»Mm.«

»Wann hast du deine Meinung geändert?«

»Gestern Nacht«, antwortete Mikael lächelnd. »Im Schlaf.«

Tina schaute ihn fragend an. Dann lächelte auch sie. »War es ein Traum?«

Er schüttelte den Kopf. »Jedenfalls nicht, während ich schlief.«

Jetzt lachte sie. »Ich glaube nicht, dass ich dich verstehe.«

»Das macht nichts«, antwortete Mikael. »Das habe ich zuerst auch nicht.«

XVI.

Das Leben jedes Menschen
ist ein Weg zu sich selber hin,
der Versuch eines Weges,
die Andeutung eines Pfades.

Hermann Hesse
»Demian«

Er trat auf den Bahnhofsplatz hinaus. Eine Möwe, die eine Weile lang kreischend über seinem Kopf herumgeflattert war, fand endlich den Mut, vor ihm auf dem Bürgersteig zu landen und sich auf den Rest einer Eistüte zu stürzen, die jemand weggeworfen hatte.

Mikael hatte sich gerade von Elisabet verabschiedet und ihr hinterhergeschaut, während sie zu ihrem Wagen zurückeilte, den sie im Halteverbot geparkt hatte. Wegen eines Zahnarzttermins hatte sie Mikael zur Bahn nach Helsingborg gebracht anstatt nur nach Ängelholm.

»Von dort kannst du einen Direktzug nach Stockholm nehmen. Das geht einfacher«, hatte sie beim Frühstück gesagt. »Wenn du von Ängelholm abfährst, muss du ja umsteigen.«

Am Bahnhof gab es um ihn herum Menschen, die in Eile waren, Busse, Autos, Mopeds und Kinderwagen. Nach den Wochen auf dem abgelegenen Bauernhof war dieses Getümmel wie ein Schock für ihn. Am Schlimmsten empfand er die Gerüche, stellt er fest, als er sich hinunterbeugte, um seine Tasche aufzuheben. Dann warf er noch einen Blick auf die Schilder, drehte sich um und schaute über die Stadt auf den Sund hinaus. Die Sonne strahlte zwischen zwei dicken schwarzen Wolken hindurch und beleuchtete die dänische Küste. Wie auf einer Postkarte, dachte Mikael. Dann ging er los.

Er war früh aufgewacht und, während die anderen noch schliefen, im Obstgarten herumgelaufen. Das Gras war feucht und kühl vom Tau, und er lief barfuß. Dann kletterte er über die Mauer, umrundete den Kuhstall und das Haus, in dem er den Großteil des Sommers zugebracht hatte; die Brennnesseln reichten ihm fast bis zu den Schultern. Dann blieb er stehen und schaute über die Felder. Die Silhouette eines Raubvogels zeichnete sich am hellen Himmel ab; langsam stieg er in weiten Kreisen höher und höher, bis er nur mehr als schwarzer Punkt erkennbar war.

Mikael trat aus dem Schatten hinter dem Seitenhaus heraus und ging zum Pestfriedhof hinüber, setzte sich auf einen der größeren Steine und dachte an Risto. Es hatte sich so unwirklich angefühlt, als er das erste Mal auf den Friedhof gegangen war, nachdem der Grabstein eingesetzt worden war. Der Name seines Vaters in goldenen Lettern auf einem fast schwarzen Stein. Mit seinem Geburtstag und dem Datum des anderen Tages; eines Tages, den Mikael für den Rest seines Lebens mindestens so deutlich in Erinnerung behalten würde wie seinen eigenen Geburtstag. Buchstaben und Ziffern in Stein gemeißelt. In Präzisionsarbeit. Und dennoch wie ein Requisit aus Pappmaschee, das mit dem ersten kräftigen Windstoß umfallen würde. Nur der Beifuß erschien wirklich. Mikael stand vor dem Grab und wartete darauf, dass jemand an ihn herantreten würde, um ihm zu erklären, dass alles nur ein Bluff war, ein schlechter Scherz. Dass Risto lebte; dass das Unglück – über das in zwei Tageszeitung und im Lokalfernsehen berichtet worden war – überhaupt nicht geschehen war.

Da spürte Mikael etwas in seiner Tasche. Es war der eiförmige Stein, den er an den Klippen gefunden hatte. Eine Weile schmiegte er die glatt geschliffene Oberfläche gegen seine Wange und schloss die Augen. Vielleicht ist es ein Wunschstein, dachte er. Dann grub er ein kleines Loch zwischen zwei der größeren Steine, legte den Eierstein hinein und bedeckte ihn mit Erde.

»Ich begrabe dich nicht«, flüsterte er. »Ich pflanze dich.« Ein neues Leben. Ein richtiges Leben.

Zum Ende der Reise hin war Mikael eingeschlafen, aber als der Zug mit einem Ruck anhielt, schreckte er hoch, sprang auf, und war mit einem Schlag hellwach. Schnell warf er einen Blick durch das offene Fenster hinaus, bevor er den Rucksack und die Tasche von der Gepäckablage nahm und aus dem Zug sprang.

Der Bahnsteig war voller Reisender auf dem Weg in die Haupthalle; Mikael folgte dem Strom. Drinnen suchte er einen Kiosk. Kurz darauf stand er vor einer großen Informationstafel vor dem Eingang mit einem Apfel in der einen Hand und einem Getränk in der anderen. Während er seine Frucht aß, betrachtete er gedankenlos die Poster, dann begann er, die große Karte zu studieren.

Er trank seine Limonade aus und gab die leere Dose einem kleinen Jungen, der bereits einen großen Müllsack voll gesammelt hatte. Dann schulterte er seinen Rucksack auf, nahm die Tasche und ließ den Bahnhof hinter sich.

Es dauerte länger, als gedacht, und sein Gepäck war ganz schön schwer. An einem Brückenkopf blieb Mikael stehen und kaufte sich ein Eis. Er lehnte sich über die Balustrade und schaute auf das Wasser hinunter. Es roch brackig, als wäre es zu lange stillgestanden. Auf einer Bank in seiner Nähe saß eine Frau und fütterte die Vögel. Tauben, Spatzen und Finken flatterten um sie herum. Die waghalsigsten – oder vielleicht die hungrigsten – wagten sogar, sich auf den Schultern oder Armen der Frau niederzulassen, um sich füttern zu lassen. Irgendwie musste er bei diesem Anblick an Tina denken.

Einen Augenblick lang vergaß er sogar sein Eis, stand still und betrachtete die seltsame Frau. Sie schien mitzukriegen, dass er sie anschaute. Plötzlich trafen sich ihre Blicke, und ihr Gesicht veränderte sich. Sie rief etwas – er verstand nicht genau, was –, und die Vögel fuhren erschrocken auf. Einen Moment lang flatterten sie aufgebracht um sie herum, dann beruhigten sie sich und ließen sich wieder nieder, auf der Frau oder in ihrer unmittelbaren Nähe. Mikael aß sein halb geschmolzenes Eis auf und ging weiter.

Eine Viertelstunde später bog er in die Ahornsgade ein. Ein älterer Mann, der vor einem Trödelladen stand und rauchte, hatte ihm die Richtung gewiesen. Es war nur ein kleiner Stich, der in Bogenform zwei größere Straßen miteinander verband. Mikael blieb stehen und schaute sich das Haus an. Einige der Fassaden waren abgebröckelt und vor manchen Haustoren lagen Müllsäcke. Er schaute auf den Zettel in seiner Hosentasche, obwohl er die Hausnummer schon auswendig kannte.

Das Gebäude war hell, fast weiß. Ein Gerüst verdeckte einen Teil der Fassade, aber die Ziffern über der Eingangstür konnte er deutlich erkennen.

Endlich, dachte er, und ging auf die Tür zu, da erregte etwas seine Aufmerksamkeit. Er lauschte und schaute am Haus nach oben. Einige Fenster standen weit offen, und Mikael wusste sofort, woher das Lied kam: aus einem Fenster im zweiten Stock. Es war derselbe Song, den Theo für ihn in seinem Zimmer gesungen hatte. Er erkannte die Melodie sofort wieder, obwohl er damals eingeschlafen war, bevor Theo zu Ende gespielt hatte. Gewisse Dinge haben die Eigenschaft, sich einzuprägen.

Er betrachtete das Baugerüst – schmale Aluminiumleitern verbanden die einzelnen Etagen –, da fasste er einen Entschluss. Er hatte Angst, dass das Gerüst nicht stabil stand, sagte sich dann aber, dass er sich das nur einbildete. Es ist mehr als genug, dass einer in der Familie im Zusammenhang mit einer Hausrenovierung zu Tode gekommen ist, dachte er. Es stellte sich aber heraus, dass das Gerüst ihn mühelos trug.

Es war nicht besonders schwierig, sich zur richtigen Etage vorzuarbeiten, aber dafür umso schwerer, in die Wohnung zu kommen, sagte er sich. Vor dem Fenster standen einige große Blumenkästen. Er würde sie weghieven müssen, bevor er hineinklettern konnte. Mikael hörte das Lied immer noch. Dem Klang nach zu schließen, war Theo gerade in der Küche mit dem Abwasch beschäftigt.

Mikael stellte die Tasche hin und nahm den Rucksack ab. Dann hob er vorsichtig die Blumentöpfe herunter und stellte sie auf die groben Holzplanken des Gerüsts.

Das Lied aus der Küche klang hier oben mehr wie ein eintöniges Summen. Barfuß kletterte Mikael durch das Fenster hinein und blieb auf der Fensterbank sitzen. Er wollte sich erst einmal umsehen. In der einen Ecke stand ein großes Klavier, daneben ein altes Eisenbett mit einer breiten Matratze, und vor dem anderen Fenster ein Klapptisch und einige Stühle. Die Tür zur Küche stand halb offen. Auf der Wand daneben hing ein großes Poster mit dem Text: *O aching time! O moments big as years!* Unterhalb des Posters stand auf ein paar alten Holzkisten eine Stereoanlage.

Mikael stand auf und ging vorsichtig über den abgeschliffenen Holzboden. Es knarrte unter seinen Füßen, aber Theo schien das nicht mitzukriegen. Dann setzte sich Mikael ans Klavier und schloss die Augen; er hatte seit seiner Kindheit nicht mehr gespielt. Er summte die Melodie einige Male vor sich hin und versuchte, eine Einleitung dafür zu finden. Schließlich öffnete er die Augen, legte seine rechte Hand auf die Tasten und begann, das Stück zu spielen, das Theo komponiert hatte.

Der erste Takt war noch nicht zu Ende gespielt, da unterbrach ihn das Geräusch von klirrendem Geschirr, gefolgt von einem Schrei: »Spinn ich?«

Es folgten schnelle Schritte, und Mikael drehte sich um.

Theo stand in der Tür und starrte ihn an. Er hielt ein Geschirrtuch in seinen Händen.

»Du hast vergessen, mir zu sagen, wie das Stück heißt«, sagte Mikael.

»Spinn ich denn?«, wiederholte Theo, aber nun klang es mehr wie ein Keuchen. Er trocknete sich die Hände ab. Sein Gesicht war immer noch ganz bleich.

»Das ist aber kein schöner Titel«, kommentierte Mikael und versuchte, sein Lächeln zu unterdrücken. »Wunderst du dich etwa, wie ich hier reingekommen bin? Wie bei Shakespeare, findest du nicht? Ich hab die Leiter vom Kirschbaum genommen und …«

Das Geschirrtuch traf ihn mitten ins Gesicht.

»Du spinnst wohl!«, rief Theo und lief auf ihn zu. »Was hast du mich erschreckt.« Er erstarrte, als ob er nicht glauben wollte, dass Mikael wirklich bei ihm war. Dann brach er in ein Lachen aus, und seine Augen funkelten so, dass Mikael nervös wurde. »Das ist nicht wahr! Das ist unglaublich! Wie … wie bist du reingekommen?« Er legte eine Hand auf Mikaels Schultern und schaute Richtung Fenster. »Das Baugerüst, ich verstehe. Das war ziemlich clever.«

Mikael stand auf. Theos Hand blieb auf seiner Schulter. Er wollte seine Hände ausstrecken und ihn berühren, aber er traute sich nicht.

»Jetzt bin ich hier«, sagte er leise. »Es hat gedauert, aber jetzt bin ich hier.«

»Ja«, antwortete Theo. »Das sehe ich.«

Und sie umarmten einander. Theos Lippen übertrugen elektrische Schläge, als sie die seinen berührten.

»Wann musst du nach Hause?«, fragte Theo, bevor er das Deckenlicht löschte.

Als Theo durch das Zimmer auf das hintere Fenster zuging und es ein wenig öffnete, folgte Mikael ihm mit den Augen. Der kalte Schein einer Straßenlaterne fiel herein.

Mikael betrachtete die Konturen des anderen Körpers in dem merkwürdig gelben Lichtschein. Er ist wie ein Traumbild, dachte er. Fast zu schön, um wahr zu sein. Hoffentlich wache ich nicht auf.

»Ich muss spätestens in einer Woche wieder in Stockholm sein«, antwortete er und fand, dass er etwas heiser klang. »Meine Mutter will mit mir raus auf die Schären zu einem Freund.«

»Zu dem, der sich am Telefon gemeldet hat?«

»Ja, genau.« Mikael war überrascht. »Ich hab nicht gedacht, dass du das schon weißt. Es ist ja so anders, hier zu sein. Alles ist so … so neu.«

Theo setzte sich auf die Bettkante.

Mikael lächelte. »Das hatten wir schon mal«, sagte er, »du auf meiner Bettkante. Nur dass du damals deine Gitarre bei dir hattest. Und nicht nackt warst.«

»Willst du, dass ich mich wieder anziehe?«

Mikael lachte. »Lieber nicht.«

Theo beugte sich über ihn. Wieder spürte Mikael fremde Lippen auf den eigenen. Er schloss die Augen, und eine Woge von Wärme wallte durch seinen Körper. Dann spürte er Theos Fingerspitzen heiß wie Feuerfunken auf seiner Brust, seinem Bauch, seinem Geschlecht.

»Ich will nie wieder schlafen«, flüsterte er.

Theos Körper war überall; Mikael konnte seine Hände überall spüren, sein Geschlecht, seine Arme, seine Lippen. Wie lang gesuchte Puzzlestücke. Und der Duft seines Körpers umschloss ihn, verwirrte ihn, betäubte ihn fast. Es war derselbe Duft wie in Theos Zimmer auf dem Hof, und plötzlich fiel ihm ein, was es war.

»Mandeln«, flüsterte er.

»Was sagst du?«, fragte Theo.

»Du riechst nach Mandeln, finde ich.«

Theo lachte und schüttelte den Kopf.

»Doch, ganz bestimmt«, fuhr Mikael fort. »Du schmeckst und riechst nach Mandeln.«

»Das hat bestimmt damit zu tun, dass ich als Kind so viel Brei gegessen habe.«

»Brei?«

»Ja, den kocht man doch mit Mandeln.«

»Aber doch nicht im Haferbrei!«

Theo zuckte mit den Achseln. »Ist doch egal. Ich glaube jedenfalls, dass es mit dem Brei zusammenhängt. Wie schmeckst du eigentlich?«

»Keine Ahnung. Aber du darfst gerne kosten.«

Und gleich darauf spürte er Theos Lippen und Zunge erneut auf seinem Körper. Suchend, forschend. Überall, wo keine Lippen je zuvor gewesen sind.

Die Straßenlaterne war ausgegangen. Nun kreierte das dämmernde Morgengrauen alle Schatten.

Theo lag auf der Seite, er stützte sich auf einen Ellenbogen und mit der freien Hand zeichnete er behutsam unsichtbare Muster und Figuren auf Mikaels Bauch und Brust.

»Wem siehst du ähnlicher, deinem Vater oder deiner Mutter?«

Mikael schlug die Augen auf. »Ich weiß nicht recht. Wir haben fast keine Fotos von meinem Vater, als er in meinem Alter war. Auf den ältesten ist er vielleicht zwei- oder dreiundzwanzig. Als er meine Mutter kennengelernt hat.«

»Und was meint sie? Oder was sagen deine Verwandten?«

»Ganz unterschiedlich. Einige sagen, dass ich ihr ähnlich sehe, andere finden, dass ich mehr nach meinem Vater komme. Ich weiß es nicht. Mutter behauptet jedenfalls, dass unsere Stimmen sehr ähnlich sind. Nur dass Risto einen Akzent gehabt hat. Aber wenn ich nach ihr rufe … wenn ich auf Mazedonisch nach ihr rufe, glaubt sie immer, dass ich mein Vater bin.«

Theo beugte sich vor. Mikael spürte warmen Atem an seiner Schläfe.

»Wenn ihr euch auch nur ein bisschen ähnlich seht, du und dein Vater, dann muss deine Mutter ihn wahnsinnig vermissen«, flüsterte Theo und küsste Mikael.

Mikael beantwortete den Kuss und spürte, dass plötzlich Tränen in seine Augen traten.

»Was ist? Bist du traurig?«, fragte Theo und wischte die Tränen mit seinen Fingern weg. »Sollten wir besser nicht über deinen Vater sprechen?«

»Nein, das macht nichts. Ich habe nicht mal an ihn gedacht. Ich dachte an mich«, antwortete Mikael. »Ich wünsche mir das hier schon so lange, habe es mich aber nie, nie getraut. Bis heute.«

XVII.

Du träumst einen Traum
in einem fremden Land,
du spürst eine Hand,
so kühl und zart
wie Spinnweben
über deinen Augen.

Gunnar Ekelöf
»Köp den blindes sång«

isto saß an einem Quai auf einer Bank und fütterte Vögel. Mikael rief ihm von fern zu, aber sein Vater schien ihn nicht zu hören. Die Vögel um ihn herum hielten ganz still – nicht mal ihr Flügelschlag war zu hören –, aber als Mikael näher kam, hörte er, dass sein Vater leise eine Melodie summte. Ein Liebeslied aus Mazedonien über ein Paar, das sich trennt, um viel später wieder zusammenzufinden. Aus Liebe.

»Papa, ich bin hier«, sagte Mikael und setzte sich zu ihm.

Risto hatte sich verändert; sein Gesicht war alt und faltig geworden, sein Haar grau und dünn. Er schien blind zu sein.

»Vermisst du uns?«

Risto schüttelte den Kopf. »Nicht sehr. Ich weiß ja, dass wir uns bald wiedersehen.«

»Ich habe jemanden kennengelernt«, sagte Mikael. »Jemanden, den ich mag. Einen, der …«

»Weiß ich doch«, sagte Risto. »Ich weiß, ich weiß, ich weiß. Ich bin doch auch für die Liebe über Grenzen gegangen. Die Liebe kennt doch keine Grenzen. Mit dem Hass ist es eigentlich nicht anders. Es gibt Menschen, die Grenzen ziehen, und andere, die Mauern sprengen. Aus Hass oder aus Liebe. Im Großen und Ganzen bleibt es einem selbst überlassen, was man wählt. Ich bin froh, dass du die Grenzen aus Liebe überschreitest und dabei vielleicht sogar noch Mauern einreißt.«

*Ein Schiff hob den Anker und segelte aus dem Hafen. Die geblähten
Segel waren dunkellila.*

*Mikael wollte seinen Vater wegen des seltsamen Schmetterlings fragen,
den er an seinem Fenster auf dem Bauernhof hat vorbeifliegen
sehen, aber Risto kam ihm zuvor.* »Schschsch!«, *machte er und hielt sich
einen Finger an die Lippen.* »Schau! Jetzt wird es Nacht.«

*Und mit einem Schlag war es dunkel und sternenklar, und die vielen
Vögel waren plötzlich verschwunden. Er deutete in den Himmel.*

»Aus wie vielen Sternen besteht Golema Kola?«

Mikael schaute nach oben zum Großen Wagen. »Aus sieben!«

»Ja, das kann man leicht annehmen. Aber es gibt einige mehr. Doppelsterne
und Mehrfachsterne. Hinter Mizar, dem sechsten Stern, kann
man einen erahnen, der ihn seit vielen, vielen tausend Jahren begleitet,
Alcor, den achten Stern. In hunderttausend Jahren werden die beiden
immer noch nebeneinander durch den Raum sausen. Aber sie werden
sich immer weiter von den anderen in diesem Sternbild entfernen, das
wir als Großen Wagen kennen. Einige von ihnen werden sich in eine ähnliche
Richtung bewegen, während zwei in die entgegengesetzte Richtung
fliegen. So ist das auch mit uns Menschen. Wir treffen einander, begleiten
einander, einige nur für kurze Zeit, andere bedeutend länger, dann
trennen wir uns, um uns irgendwann wieder zu begegnen. Alles ist ein
Kreislauf. Alles kommt wieder. Es gibt nicht ein Atom, das stillsteht. Keinen
einzigen Tod, der ewig währt. Alles ist in Bewegung. Wenn du oder
ich in hunderttausend Jahren auf die Erde zurückkehren, werden wir
den Großen Wagen nicht wiedererkennen; die acht Sterne werden auseinandergedriftet
sein. Aber viele hunderttausend Jahre später werden sie
wieder zusammenkommen. Irgendwo in der Unendlichkeit. Und so wird
es auch mit uns geschehen, Mikael. Mit dir und mir und Helena.«*

»Und Theo.«

Risto schaute Mikael an. »Wusstest du, dass das Wort Mandel denselben
Ursprung hat wie der Name Amanda? Und der bedeutet, Wert
sein zu lieben.«

Und dann war sein Vater weg.

Er erwachte vom Prasseln des Regens gegen die Fensterscheibe, öffnete die Augen und schaute auf. Es schüttete; Wassermassen, die an der Scheibe herunterströmten, bildeten eine wandernde Linse, die das Bild des Hauses auf der anderen Straßenseite verzerrte. Aber gleichzeitig schien die Sonne, und die Strahlen, die das Fenster und die Regengardinen durchdrangen, tauchten das Zimmer in einen merkwürdig grünlichen Schimmer über das Zimmer.

Er bemerkte eine Bewegung neben sich und schaute hinab.

Theo hob seine Arme und streckte sich. Er öffnete die Augen und begann fast sofort zu lächeln. Seine Augen glänzten. Mikael streichelte seine Brust und spürte, wie es in seinem Geschlecht prickelte, bis es hart wurde.

»Guten Morgen, mein Freund.«

Theo murmelte etwas Unverständliches zur Antwort.

»Hast du gut geschlafen?«, fuhr Mikael fort und seine Hand legte sich auf Theos Bauch.

»Ja, das hab ich. Allerdings bin ich mindestens hundertmal aufgewacht.«

»Wegen dem Regen?«

Theo schüttelte den Kopf. »Deinetwegen. Mmh, vielleicht einmal wegen dem Regen. Aber nur, als er anfing und ich aufgestanden bin, um das Fenster zuzumachen. Die anderen neunundneunzigmal bin ich deinetwegen aufgewacht. Ich musste immer wieder nachschauen, ob du noch da bist. Mich immer wieder vergewissern, dass ich das alles nicht nur träume.«

Mikael schüttelte lächelnd den Kopf und schmiegte sich zwischen Theos Schenkel.

»Aber ich bin ein Traum«, sagte er. »Wir sind doch beide ein Traum. Glaubst du nicht?«

Einige Stunden später hörte es endlich auf zu regnen. Theo stand auf, um das Fenster zu öffnen und auf die Toilette zu gehen. Danach sprang er zurück ins Bett.

»Hast du Hunger? Willst du was essen?«, fragte er und zog Mikael die Decke weg.

»Na ja, ein bisschen schon. Aber nicht so sehr. Ich kann gut noch ein wenig warten. Und du?«

»Ich bin auch nicht besonders hungrig. Was willst du stattdessen?«

Mikael lachte und öffnete seine Arme. »Ist das nicht offensichtlich?«

Theo betrachtete ihn langsam von Kopf bis Fuß. »Doch, das ist es.« Er nickte. »Du willst Sackhüpfen spielen. Stimmt's?«

»Ja, genau. Du hast wirklich Ahnung von Körpersprache. Vielleicht solltest du Psychologe statt Musiker werden. Du bist eine echte Koryphäe.«

Theo lächelte. Er setzte sich rittlings auf Mikael und beugte sich hinunter, sodass sich ihre Lippen fast berührten. Vorsichtig schnappte er nach seiner Oberlippe.

»Mit dir könnte ich glatt zum Kannibalen werden«, flüsterte er. »Oder zumindest mal reinbeißen.«

»Hast du noch nicht genug getestet?«

»Nö, noch lange nicht.«

»Gut so.«

Es fing schon an, dunkel zu werden, als sie die Wohnung zum ersten Mal verließen. Theo schlug vor, dass sie einen Spaziergang im Fælledpark machen sollten, bevor sie essen gingen. Sie liefen die Nørre Allé einige hundert Meter hinunter, durchquerten dann den Bereich des Rigshospitals und kamen gleich darauf an dem großen Park heraus.

Auf einem sanft abschüssigen Rasenstück spielte eine Gruppe Jugendlicher Brennball. Theo und Mikael verfolgten das Spiel eine Weile, dann gingen sie weiter. In einem Kiosk, der gerade dabei war zu schließen, kaufte sich jeder ein Eis.

»Kannst du gut klettern?«, fragte Theo.

»Na ja, zumindest kann ich Baugerüste erklimmen. Warum?«

»Das wirst du gleich sehen.«

Einige Minuten später blieb Theo vor einer alten Eiche stehen. »Hier ist er«, sagte er. »Mein persönlicher Kletterbaum.«

Mikael hatte auf einem starken Ast nahe am Stamm Platz genommen. Er traute sich nicht, höher zu klettern. Es war ihm auch so fast schon zu hoch. Theo saß ein paar Meter über ihm.

»Ich war neun, als wir nach Kopenhagen gezogen sind«, erzählte er. »Und gleich in der ersten Woche hab ich diesen Baum entdeckt. Früher bin ich noch viel höher raufgeklettert, inzwischen traue ich mich das nicht mehr. Die Äste halten mich vielleicht nicht mehr aus.«

Mikael schaute zu Theo hinauf, während der seinen Kindheitserinnerungen nachhing. Die Sonne war bereits untergegangen, aber trotz der Blätter konnte er das Gesicht des anderen ganz genau ausmachen. Dann ließ er seinen Blick noch weiter schweifen.

»Wie dunkel es hier ist!«, sagte er, als Theo mit seiner Erzählung fertig war. »Obwohl es immer noch Sommer ist. Man sieht alle Sterne.«

»Du bist an den Sommerhimmel in Stockholm gewöhnt. Aber das ist ja eine ziemlich große Distanz zwischen Stockholm und Kopenhagen. Im Übrigen ist es schon ganz schön spät.«

»Stimmt.«

Theo schaute auch in den Sternenhimmel hinauf.

»Weißt du, wie viel Sterne der Große Wagen hat?«, fragte Theo plötzlich, und Mikael war zu überrascht, um zu antworten.

»Es sind nämlich acht«, fuhr Theo fort. »Wenn man ganz genau hinschaut, sieht man, dass hinter dem sechsten Stern noch einer hervorlugt. Kannst du ihn sehen?«

Mikael strengte sich an, aber vergebens. »Nee, das kann ich nicht.«

»Aber er ist da. Ich kann ihn sehen. Manche Indianerstämme benutzten diese beiden Sterne angeblich, um die Sehstärke ihrer Krieger zu testen. Wenn man auch den kleinen sehen kann, hat man bessere Chancen, ein guter Krieger zu werden.«

»Ich bin noch nie ein guter Krieger gewesen«, gestand Mikael.

Theo schaute zu ihm hinunter.

Mikael könnte die weißen Zähne genau erkennen, als er lächelte.

»Richtig, du bist ein besserer Liebhaber.«

Etwas an dieser Situation ließ Mikael an Risto denken. Er konnte sich nicht erinnern, dass sein Vater je übers Klettern gesprochen hatte, und doch konnte er Risto ganz deutlich vor sich sehen, auf einem Ast hoch oben im Geäst, über den Park hinwegschauend, der sich unter ihm ausdehnte, über die Vögel und Insekten, die Blumen und Tiere, das Leben an sich. Vielleicht bedeutete Wiedergeburt, dass die jüngere Generation das wieder erlebt, was die Generation vor ihnen schon mal erlebt hatte. Vielleicht. Und gleichzeitig mit der Wiederholung eine weitervererbte Erinnerung, ein diffuses Wiedererkennen.

Sie nahmen einen Umweg zurück zur Wohnung, und nach einer Weile merkte Mikael überrascht, dass er alles wiedererkannte. Er blieb stehen, deutete auf die Parkbank und erzählte Theo von der Frau mit den Vögeln.

»Ich weiß«, sagte er. »Sie sitzt oft da. Die Vögel sind wohl ihre einzigen Freunde.«

Mikael versank in Gedanken, während Theo antwortete. Er schreckte erst auf, als er eine Hand auf seiner Schulter spürte.

»Was ist? Worüber denkst du nach?«

»Ich muss plötzlich an etwas denken, das im Winter passiert ist. Vielleicht im Januar oder Februar. Jedenfalls bevor mein Vater gestorben ist. Ich wollte in meinem Zimmer ein Korkbrett an die Wand nageln und hab mir dabei ziemlich auf den Daumen gehauen. Mit dem Hammer. Wie in einem Comic. Es tat so höllisch weh, dass ich geweint habe. Da kam mein Vater zu mir, nahm mich in den Arm und tröstete mich.« Mikael lachte. »Er hat sogar auf meinen Daumen geblasen, als wär ich ein kleines Kind. Und genau in dem Moment hab ich gewusst, dass es das letzte Mal war. Dass er mich nie wieder trösten würde. Dass ich mich nie wieder bei ihm ausweinen würde.

Jedenfalls nicht auf diese Weise. Ich habe nicht daran gedacht, dass er sterben könnte, überhaupt nicht. Aber ich war mir ganz sicher, dass es so nie wieder sein würde.«

Mikael legte den Telefonhörer auf und kroch zu Theo ins Bett.

»Was hat sie gesagt?«

»Sie war ganz schön sauer, dass ich sie nicht schon gestern angerufen hab. Sie hat bei Elisabet angerufen und daher gewusst, dass ich abgereist bin. Aber weil ich nicht zu Hause angekommen bin, hat sie sich Sorgen gemacht.« Mikael machte eine Pause. »Sie hat mir auch erzählt, dass vorgestern ein dicker Brief von der Oma gekommen ist. Mit Fotos von meinem Vater, als er noch ein Kind gewesen ist, und mit Zeichnungen von ihm. Ist das nicht seltsam? Genau darüber haben wir uns gestern noch unterhalten. Dass wir keine Kinderbilder von ihm haben. Merkwürdig. Oma hatte kein Geld, um zur Beerdigung zu kommen, aber es scheint so, als könnte sie nächstes Frühjahr nach Schweden kommen. Mutter hat gesagt, dass wir versuchen werden, ihr zu helfen. Ich hoffe, es klappt. Ich hab sie zum letzten Mal gesehen, da war ich sieben.«

Dann fing er plötzlich an zu lachen.

»Was ist?«, fragte Theo. »Worüber lachst du?«

»Mutter hat heute früh wieder bei Elisabet angerufen, und Tina war dran. Sie hat Helena erzählt, dass sie glaubt, dass ich nach Kopenhagen gefahren bin, und dass ich mich wohl bald melden werde. Als meine Mutter gefragt hat, was ich in Kopenhagen mache, hat Tina geantwortet, dass ich wohl theologische Studien betreiben würde.«

Theo war eingeschlafen, aber Mikael fühlte sich noch ganz munter. Er legte sich auf die Seite und betrachtete seinen Freund im Schein der fast gänzlich heruntergebrannten Kerze auf dem Klavier. Vorsichtig zog er Theo die Decke weg, um ihn noch besser anschauen zu können; er war ja so schön. Eine Woge von Wärme flimmerte zu Mikaels Brust hinauf. Er legte seine Hand auf Theos linke Brust; die leichte

Krümmung schien seiner Hand genau angepasst. Wie füreinander gemacht, dachte er und spürte das Herz gegen seinen Handteller schlagen.

Bis vor zwei Tagen war ich unschuldig. Heute kann ich mir nicht mehr vorstellen, ohne Sex zu leben. Das war es wohl, worauf Petr sich bezogen hat, als er über ein *reiches* Leben gesprochen hat. Und das Gegenteil – zumindest seit ich das hier erlebt habe – kann ja nichts anderes sein als ein Leben in Armut.

Das reiche Leben war deutlich angenehmer, als Mikael auch nur geahnt hatte, aber vor allem war es mit so viel Nähe verbunden; er hatte sich nicht vorstellen können, das man einem anderen Menschen so nahe sein kann. Nicht nur körperlich, sondern auch seelisch; Gefühle zu teilen, Erlebnisse. Ein Gefühl für jemanden zu haben, zusammen mit einem anderen zu träumen. Das war wirklich fantastisch.

Er ließ seine Hand über Theos Brust und Bauch streicheln, und ein Lächeln zeichnete sich auf dem Gesicht des Schlafenden ab. Dann zog er die Decke wieder über ihn und kroch in seine Achsel hinein.

Theo murmelte etwas im Schlaf, aber Mikael verstand es nicht. Es klang fast wie *elskling*, das dänische Wort für Liebling. Er beugte sich über Theo, küsste ihn auf die Brust und lächelte in sich hinein, als er den Duft von Mandeln roch.

Dann blies er die Kerze aus und drängte sich wieder nahe an Theo heran. Das Fenster, durch das er hereingeklettert war, stand offen, und der gelbe Schein der Straßenlaterne beleuchtete schwach die Wand zur Küche.

O moments big as years, las Mikael.

Theo schnarchte an seiner Seite. Es klang beruhigend, fast einschläfernd.

XVIII.

Der Liebe Bewegungen haben abgenommen und sie schlafen,
aber ihre geheimsten Gedanken finden einander,
wie wenn sich zwei Farben treffen und ineinanderfließen
auf dem nassen Papier eines Schuljungengemäldes.

Tomas Tranströmer
»Den halvfärdiga himlen«

E r dachte über Wiedergeburt nach, während ihn der Zug nach Hause brachte. Wiedergeboren werden, in eine neue Phase eintreten. Ein abstrakter Gedanke, der vielleicht ein wenig zu schön klang, um wahr zu sein. Oder zu abgehoben. Aber Mikael wusste, dass es möglich war. Es musste möglich sein. Und vielleicht ging es leichter, wenn man Unterstützung von anderen bekam.

Er summte die Melodie, mit der Theo ihn am Morgen geweckt hatte, nackt mit seiner Gitarre an der Bettkante.

Mikael gähnte und schaute auf die Uhr. Es war erst halb zwölf, aber er war jetzt schon müde. Letzte Nacht waren sie nicht zu besonders viel Schlaf gekommen.

Der Zug fuhr an einem zum großen Teil mit Schilf bewachsenen See vorüber. Zwei grau schimmernde Reiher wurden von dem vorbeirasenden Ungeheuer aufgeschreckt. Mikael folgte ihrem fluchtartigen Flug auf die andere Seite des Sees hinüber und erinnerte sich dabei an das, was Tina beim Abschied gesagt hatte, bevor er nach Kopenhagen gefahren war. Während der langen Umarmung hatte sie ihm diese Worte ins Ohr geflüstert: »*Beware of the Groynes*, Mikael! Ich hab nachgeschaut, was das bedeutet. ›Auf Buhnen achten!‹, weißt du ...«

»Buhnen?«, fragte Mikael überrascht, was Tina sich nun schon wieder ausgedacht hat.

»Ja, diese Holzpfähle, die man ins Meer rammt, damit sie die Wellen brechen. Man kann diese Warnung auch als Aufforderung verstehen. Suche die Gefahr, das Wilde, Unkontrollierte! Lass die Wogen über dir zusammenschlagen! Das kann richtig schön sein.« Es gibt verschiedene Arten von Wogen. Alle Arten von Wogen. Er dachte an Risto. Es waren nun fast fünf Monate seit seinem Tod vergangen. Es schien so nah und gleichzeitig so weit weg. Sorgen kommen auch in Wogen. Seither war so viel geschehen.

Unglaublich viel. Aber wir werden uns wiedersehen, dachte er. So muss es wohl sein. Es kann nicht einfach vorüber sein.

Und er dachte an Theo. Kaum sechs Stunden waren seit dem letzten Sex vergangen. »Mein Gott, wie ich ihn vermisse«, murmelte er vor sich hin. Er zählte mit den Fingern. Erst in knapp zwei Monaten würden sie einander wiedersehen. Da hatte er wieder eine Woche Ferien. Das Geld für das Zugticket nach Kopenhagen hatte er bereits beisammen. Das Einzige, was er jetzt hoffte, war, dass die nächsten neun Wochen schnell vorübergingen. Danach durfte die Zeit gerne stehen bleiben.

Er gähnte noch einmal, schaute schon wieder auf die Uhr und seufzte. Die Zeit verging wohl auch in Wogen. Dann lehnte er sich in seinem Sitz zurück.

Das Zimmer lag im Halbdunkel. Die großen Bilder an den Wänden waren mit schwarzen Tücher verhängt. Eine Tür öffnete sich, und eine kleine Frau trat ein. Es war seine Großmutter. Trajanka.

Sie ging auf das kleinste Bild zu und zog das Laken herunter. Mikael stellte sich hinter sie, um das Motiv sehen zu können. Aber es war ein Spiegel. Risto oder er selbst, das konnte er nicht richtig erkennen, reflektierte sich darin.

Mikael drehte sich weg. Die Großmutter zog die Tücher auch von all den anderen Rahmen herunter, und jedes Mal kam ein weiterer Spiegel zum Vorschein. Und mit jedem wurde das Zimmer ein wenig heller, und es wurde noch schwerer zu erkennen, wessen Bild sich darin spiegelte. Am Ende war nur noch ein Rahmen übrig.

Trajanka drehte sich um und lächelte Mikael an, bevor sie das letzte Laken herunterzog. Aber diesmal hatte der Stoff ein offenes Fenster verhängt. Davor eine Wiese mit einer Eiche, Blumen, Gras. Jemand, der auf einem Instrument spielte. Sie lauschten der Musik eine Weile.

»Es gibt herrliche Liebeslieder«, sagte die Großmutter. »Und es gibt herrliche Gedichte über das Leben, aber die schönste Poesie ist das Leben selbst. Zu leben. Dort passiert das Fantastische. Nicht, wenn man darüber liest. Und nicht, wenn man darüber reden hört. Nur, wenn man es selbst lebt. Es erlebt.«

Mikael stellte sich zu ihr. Sie stand am Fensterbrett und schaute hinaus über die Wiese. Klein wie ein Vogel.

»Und Risto?«, fragte er. »Wie ist das mit ihm?«

Sie legte den Kopf schief – genau wie ein Vogel – und lächelte ein wenig wehmütig. Dann machte sie eine ausladende Geste. »Risto ist irgendwo da draußen. Er hat ein schönes Leben gelebt. Ein herrliches Leben. Es war nicht besonders lang, da gebe ich dir recht. Aber darum geht es doch gar nicht. Ich selbst lebe schon ein langes Leben, aber es ist nicht einen Tag besser als seins.« Sie schaute Mikael wieder an. »Und nun hast du angefangen, dein Leben zu leben, Mikael. Dein eigenes Leben. Mit deinen Träumen, deinen Hoffnungen. Natürlich ist das spannend. Sicher ist das ganz schön. Klar.«

Und dann flog sie hinaus, über die Wiese und die Blumen hinfort.

Er schaute ihr lange hinterher, dann auf das Fensterbrett hinunter.

Ihre kleinen Füße hatten im Staub Spuren wie Buchstaben hinterlassen. Mikael versuchte, sie zu entziffern, aber die Lettern bewegten sich.

»Ich …«, las er, aber schon wurde sie wieder unleserlich, blendeten ihn. Er beschattete seine Augen mit einer Hand, und die Zeichen nahmen neue Formen an, bekamen eine neue Bedeutung. Und er las: »Ich bin ich.«

Und er glaubte, jemand lachen zu hören.

Zitate

Die Gedichtstrophe auf Seite 69 ist Tomas Tranströmers Gedicht »Hemligheter på vägen« (Geheimnisse auf dem Weg) aus der gleichnamigen Gedichtsammlung entnommen.

Der Songtext von Seite 84 ist aus Tim Buckleys »Sing a Song For You«.

Der auf Seite 142f zitierte Songtext ist von Eden Ahbez' Song »Nature Boy«. Die Aufnahme, die Mikael hört, ist von Nat King Cole.

Das Gedichtzitat auf dem Poster in Theos Zimmer auf Seite 154 ist aus John Keats' Gedicht »Hyperion«.

Der Roman wurde veröffentlicht bei Rabén & Sjögren 1996. Die vorliegende deutsche Version wurde vom Autor 2007 leicht überarbeitet.
© Håkan Lindquist